7

Jul.

〔日〕堀辰雄 著

小岩井 译

起风了

北京联合出版公司
Beijing United Publishing Co.,Ltd.

图书在版编目（CIP）数据

起风了 / (日) 堀辰雄著；小岩井译. — 北京：
北京联合出版公司，2016.4（2023.7重印）
　　ISBN 978-7-5502-7198-2

　　Ⅰ. ①起… Ⅱ. ①堀… ②小… Ⅲ. ①长篇小说—日
本—现代 Ⅳ. ①I313.45

　　中国版本图书馆CIP数据核字（2016）第036678号

起风了

作　　者：［日］堀辰雄
译　　者：小岩井
出 品 人：赵红仕
责任编辑：侯娅南
封面设计：沐希设计

北京联合出版公司出版
（北京市西城区德外大街83号楼9层　 100088）
河北鹏润印刷有限公司印刷　新华书店经销
字数58千字　　　 787毫米×1092毫米　1/32　4.375印张
2016年5月第1版　　 2023年7月第22次印刷
ISBN 978-7-5502-7198-2
定价：38.00元

目 录

序　曲

　　我想起，那是些夏天的时光。那时你总独自站在一片芒草茂密的原野之中，心无旁骛地作画。而我总是躺在一旁的白桦树树荫下，悄悄地凝望你。

　　黄昏来临，你会放下纸笔来到我的身旁。我们便牵着手静静待一会儿，依靠着彼此的肩膀，遥望远方。远方有一大片浓厚的积雨云，镶嵌着朱红色的边缘，层层叠叠地遮住了地平线。那渐渐迎来日暮的地平线之处，仿佛正在孕育着什么……

在那些日子的某个午后（时已近秋），你将已经完成的画作挂在画架上，我们随意躺卧在白桦树的树荫里，一起吃着果子。空中浮云似流沙，无声流淌在天际。蓦地，无端起了一阵疾风。在我们的头顶上，可以透过树叶间隙窥看的一抹天蓝色时而伸展时而狭细，几乎同时，草原那边传来什么东西突然倒下的砰然声。那应该是我们支在那边的画与画架同时倒下的声音。我一把拉住急迫起身想要去看看的你，莫名地不想让你离开。

好像就在那一瞬间，生怕什么东西会彻底失去一般，只想把你留在我身旁，只想，和你在一起。

而你也由着我的任性，便没有走。

无常如风起，人生不可弃。

我反复吟诵着这脱口而出的诗句。你依偎在我身上，我的手搭着你的肩。过了一会儿，你终于脱开我的手，起身而返。还没干透的画布此时已经沾了不少细草，你把它重新放回画架上，费力地用调色刀刮着草叶，一边说：

"哎呀！如果我们刚才的样子被父亲看到可就不好啦……"

你回过头微笑着望向我，不知怎的，我却在你的微笑中看到了调皮的暧昧。

"再过个两三天，我父亲就要来这儿啦。"

某个清晨，当我们漫步在森林之中，你突然如此说起。我有些不满似的沉默着。于是你盯着这样的我，用略带沙哑忧伤的声音对我说：

"到那个时候，我们也不能再像现在这样散步了吧……"

"无论想怎么散步，只要你想就可以。"

我还是显得不太高兴，但也感受到了你眼里向我投来的些许忧虑，我却假装没看见。

我佯装在关注头顶上那些树梢之间婆娑摇曳的声响，避开你的视线。

"父亲来的话，肯定不会让我随意走动的……"

我终于按捺不住心中的焦虑，用笼罩着乌云般的眼神看向你。

"那么，你的意思是我们之间只能到此为止了吗？"

"可这也是没有办法的事啊。"

你这么说着，似乎早已下定了决心，凝视着我，试图展露出一丝微笑。啊，可是此时你的脸色，不，甚至是你嘴唇的颜色都是如此苍凉惨白！

"为什么突然就变成这样了呢？你看上去明明已经愿意把一切都交付于我了呀……"

我露出百思不解、头痛欲裂的模样，稍稍走在你的后头。山路逐渐狭窄起来，两旁尽是一些裸露出来的树根，我们越走越不轻松。

这一片树木看起来更加茂密，空气也变得清凉空寂，小小的洼地随处可见，陷在地面上。

突然，我脑海中闪现出这样的想法：我是你在这个夏天偶然邂逅之人，而你对我尚且如此温和顺从，更何况是你的父亲，以及那些包括你父亲在内对你的一切都要横加干涉与支配之人，是否你就更加地温顺老实，听之任之呢？

"节子！如果你真是那样的人，我会更加、更加地喜欢你的！我要更加努力领悟和掌握好自己的生活，然后堂堂正正地去迎娶你。在那之前，你像现在这样待在你父亲身边做你自己也好……"

我对自己的内心说着这样的话，但似乎又想要征得你的同意一般，情不自禁地握住你的手。

你就那么任由我握着你的手，彼此都沉默着。我们始终牵着手，止步于一个小小洼地前。

那深深陷入地面的小小洼地的底部，生长着茂密的凤尾草。

阳光此刻正穿过那数不清的枝丫，又从低矮的灌木丛之间的缝隙，艰苦跋涉一般降落在凤尾草之上，留下若隐若现的少许光影荫翳，伴着徐徐微风，轻轻摇曳。

我与你，光与影，是以何等黯淡的心情默默欣赏着眼前的光景。

那之后两三天的一个傍晚，我在食堂看到你，以及前来迎接你的父亲，在一起用餐。

你笨拙地躲着我，故意背对着我。

然而待在父亲身边的你，就算只是无意之间表现出的神情与动作，都让我感受到了一个之前从未见到过的、犹如小姑娘一般的你。

"即使我此刻叫喊她的名字……"我自己嗫嚅道，"她也会保持冷淡，而绝不会往我这边看的吧。就好像我叫的名字已经跟她没有关系了一般……"

当晚，我独自一人百无聊赖地出去散步回来后，又在寂静无人的旅店院子里徘徊许久。

山百合散发着清香，我神情恍惚，凝视着旅店中仍然透着光影的两三扇窗。此时一阵薄雾袭来，仿佛有慑于此似的，窗里的灯火一盏盏地熄灭了。于是乎，我感觉旅店内彻底变得一片漆黑。黑暗中隐隐传来轻微的吱呀声，有一扇窗户被轻缓地打开了。

一位披着蔷薇色睡衣的年轻姑娘，倚窗而立，静女其姝，暮夜无知，而我知道，那正是你……

后来你还是走了。自从你们离开后，日复一日，我只感到胸闷气短，思念难挨。

那种近似悲伤的幸福所笼罩的心境，我至今仍可清晰忆起。

那段时间，我终日把自己锁在旅店内，哪儿也不去。我开始捡起了之前一度由于你的出现而荒废的工作。而我自己也未曾想到，我竟然平静地沉浸到了工作之中。在此期间，时光流转，季节变换。终于，在我准备启程出发的前一天，我总算从旅店出来，久违地散了一次步。

我在森林中漫无目的地走着，发觉树木的枝干已经萧索，远远望得见早已人去楼空的别墅阳台。枯叶夹杂着菌类的气息，这味道让我感到季节变化的新奇，原来时光荏苒间，我与你已分别如此之久。此前，我曾在内心一直深信，与你的离别只是暂时而已。或许正因如此，才让我察觉到时间的流逝有了一种与以前不再相同的意义。

不久我将真正了解这份时间的意义，尽管在那之前，我始终迷茫与彷徨。

十多分钟后，我来到了这片森林的尽头，刹那间感到神清气爽。我走在一片草木丛生的草原上，一眼便能看见远处的地平线。那一棵白桦树的树叶业已发黄，那是我在夏日时光里躺着看你画画的地方。此时的我和往昔一样躺着，而那时候常常被积雨云遮盖的地平线一端，如今却只有随风摇曳的雪白色芒草穗，密密麻麻一路蔓延，直到遥远的山野清晰地描绘出远方山脉的线条。

我凝望遥远的群山，像是要把那些线条印刻入脑海。在这一刻，我终于感悟到，原来大自然赐予了我如此美妙的眷顾。这份感悟一直潜藏在我心中的某处，直到此刻，才开始清清楚楚地进入我的意识之中……

春

三月已至。

　　某个午后，我一如往常地随意散步，佯装漫不经心路过似的来到节子的家。一进屋，便看到节子的父亲站在门边花丛中，戴着干活时用的大草帽，单手抄着花剪修剪草木。一见是他，我如同小孩一般拨开枝丫走到他身边。一番随意的寒暄后，我满脸好奇地看着他干活。等我整个人走入花丛后才发觉，这一圈的细小花枝上有白色的小东西星星点点地闪着光，应该是花蕾。

"她最近气色好像好了很多。"节子的父亲突然转过身，跟我聊起订婚不久的节子来。

"等她精神再好些，就让她去疗养院待一阵子，你觉得呢？"

"那自然很好……"我装作将注意力集中在眼前一个闪亮的花蕾上，似是而非地回应着。

"这期间，要找找看有没有什么比较适合的地方去……"节子的父亲不介意我的似是而非，自顾自说着，"节子说她也不清楚 F 疗养院怎么样，我听说你认识那家疗养院的院长？"

"是的。"我心不在焉地回答，费了点儿劲把刚看到的那根长有白色花蕾的枝条拉到手边。

"你说，她一个人在那边能住得惯吗？"

"那里的人貌似都是一个人住的。"

"可她很不愿意一个人住在那儿呀！"

节子的父亲露出为难的神色，虽然他没有再看向我，只是用力剪下了眼前的一根树枝。这个时候，我终于忍不住开了口。我想，他也是在等着我说这句话吧。

"如果需要的话，我可以陪她一起。我现在手上的工作，应该能在起身出发前做完……"

我说完后，缓缓松开了刚才抓在手里的花枝，同时看到节子父亲的神色也变得明朗了许多。

"你愿意帮忙，真是很感激。虽说这么一来，真是太麻烦你了……"

"不麻烦，也许对做和我类似工作的人来说，住在那种山里面反而能更加专心工作……"

随后我们又闲聊了些那家疗养院所在的山区情形。不知不觉，话题又转移到了节子父亲正在修剪的花木上来。某种同样隐藏的情绪在我们之间蔓延，却也让这些无关轻重的话题显得别有趣味……

"节子已经起来了吧？"过了会儿，我有意无意地问道。

"嗯，起来了吧……你去看看吧，没事，就从那边走，再往那儿一拐就到了……"节子的父亲举起拿着花剪的手，指了指院子里的木栅门。我有些吃力地穿过花草丛，用力打开那已经长满爬山虎而难以打开的木栅门，走进了那个曾经是画室，如今却已成为隔离病房的房间。

节子好像早就知道我来了，只是没想到我会从院子里直接走进来。她穿着一件颜色鲜艳的外套，披在睡衣外面，正横躺在长沙发上，手里还把玩着一顶我从未见过的、有细柔丝带的女式帽。

隔着玻璃门，我一边看着她一边缓缓走近。她貌似也已发觉是我，身子一动，下意识地想要站起来。然而最终她还是躺了回去，面朝我，羞赧地笑着。

"你起来啦？"我有些慌张地在门口脱着鞋。
"我想试着起来，可还是觉得很累。"
她这么说的同时，用疲倦无力的手，将那顶似乎只是用来把玩的帽子随意地扔向梳妆台。

　　看来她的确很疲乏，那顶帽子只落在了梳妆台前的地板上。我踱步向前，弯下了身子，几乎足以使自己的脸碰触到她的足尖。我将帽子拾起，也随手把弄起来，就像她刚才把弄的那般。

　　过了会儿我终于开口问她："这样的帽子，是做什么用的呀？"

　　"我这帽子呀，也不知道什么时候才有机会戴，是父亲昨天买来送我的……你说他是不是很怪？"

　　"这，原来是父亲挑选的帽子？真是一位好父亲……要不，你戴上让我瞧瞧？"我半开玩笑地试图把帽子往她头上戴。

　　"别这样，讨厌……"

　　她有些不耐烦，半仰起身子，像是要避开帽子。随即又像是为自己掩饰一般，露出了柔弱的笑容。她好像蓦地想起了什么，用那明显消瘦了许多的手梳理起略凌乱的头发。这无心的动作轻柔自然，透着一股少女的气息，就像是在伸手轻抚着我一般，让我感受到一股难以名状的性感魅力，令我不由得呼吸急促，只好把视线转移……

稍过片刻，我将那顶把弄已久的帽子轻轻放到了梳妆台上，若有所思地陷入沉默，视线依然不敢望向她。

"你不高兴了吗？"她一下子仰起头看着我，担忧地问。

"怎么会。"我终于重新看向她，只是没有继续刚才的话题，也不知该说什么，匆匆随口说道，"刚才父亲跟我提了，你真的想去疗养院吗？"

"嗯。老这么下去，我也不知道什么时候才能好，如果能早日康复，让我去哪里都行。只不过……"

"只不过什么？"

"没什么……"

"没事，你说出来好了。要是你不好意思说，我替你说吧。你，希望我跟你一起去，是吗？"

"才不是呢！"她连忙打断我的话。

我自然是不信的，只是换了跟开始不同的语气，用逐渐认真且略带担心的语气继续说：

"……不，哪怕你不让我跟着去，我还是要陪你一起去的。因为除了在意你、担心你，其实我也想去……

"我们在一起以前，我就曾经梦想过，和一个像你这样可爱的女孩，一起去清静幽然的山里，两个人彼此依靠地生活。这个梦想我早前不还跟你说过吗？还记得吗，我还提到关于深山小屋的话题，当时你笑话我说，这种山里怎么住得下去呀……说真的，你这次说要去山里的疗养院，我还以为是那个梦想也打动了你的心呢……你说是吗？"

她始终微笑着静静听我说完，却忽然干脆直接地告诉我："我怎么不记得有这回事。"

说完又眨巴着眼睛，好像要安慰我一般："你知道，你总是有些突发奇想的。"

几分钟后，我俩都不说话，像是什么都没有发生过一般，一起饶有趣味地望着玻璃外苍翠嫩绿的草坪。草坪上阳光普照，水汽腾腾，春意盎然。

　　到了四月，节子的病情也缓缓进入了恢复期。尽管那一步一步的缓慢恢复令人煎熬难耐，却也如此真切而确实地表明着一切在慢慢好起来，这反而让我们感到由衷地踏实安心。

　　一个午后，我去看望她时，正好赶上她父亲外出，而节子一个人待在病房。那天她气色看起来不错，平时那件不离身的睡衣装，也难得换成了一件蓝色的宽松短衫。看她如此装扮，我满心想带她去院子里。尽管院子里偶有微风，但这样柔软的微风让人神清气爽。她无甚自信地笑笑，最终仍是答应了我。

　　于是她将手搭在我的肩上，小心翼翼地穿过玻璃门，一路谨小慎微地走到了草坪上。沿着篱笆墙，前面是混杂着各式外国品种的花木丛。花木丛中枝繁叶茂，百花环绕，令人难以辨别，走近才发现，这繁花似锦中，随处可见含苞待放的小小花蕾，白的、黄的、淡紫色的……

我站在繁花丛中，倏地想起去年秋天，她曾手把手教我如何识别花木。

"这是紫丁香吧？"我扭头问她，半是确认半是疑问。

"有可能是紫丁香吧……"她的手依然轻轻搭在我肩上，略显心虚地说。

"嗯哼……那你去年教我的都是骗我的喽？"

"人家没有骗人啦，我也是从别人那里听来的……不过，也不是什么很好的花。"

"天呀，现在这些花都要开了，你才告诉我真相是这样的啊！那么，反正这些你也不熟喽……"

我手指一旁的花丛问她："那个花叫什么来着？"

"金雀儿？"她接过我的问题。随即我们踱步到那片花丛。"这确实就是金雀儿。你看,黄的、白的,两种花蕾。这白色花蕾可是很稀有的……我父亲可为这自豪了呢……"

　　节子和我漫不经心地随意闲聊着,手一直不曾离开我的肩膀。与其说是她很疲倦,倒不如说喜欢这样倚靠着我的感觉。随后我们又静静沉默了一阵,仿佛如此便可多挽留一会儿这芬芳香软的人生。柔软的清风,穿过篱笆,拂过花丛,轻轻扬起一片小叶,吹到我们跟前,随即又不知飘到了何处去,唯有留下我,与她,依然伫立在原地。

　　她一下把脸埋入搭在我肩膀上的手中。

　　我发觉她的心跳,比平常剧烈许多。

　　"累了?"我柔声问道。

　　"不累。"她轻声回我。我逐渐感到她在我肩膀上的重量慢慢变沉。

　　"我身子这么弱,真的觉得很对不起你……"她小声嗫嚅道。这声音小得,与其说是我用耳朵听到的,不如说是我感觉到的。

"你的身子虽然弱，却也让我更加地怜爱你。难道你还是不能明白我的心意吗？"

我的内心，已经迫不及待地想要倾诉我真实的心意，可表面上，我却依然装作什么都没听见的样子，纹丝不动。

她突然抬起头来，缓缓挪开了搭在我肩上的手，说："为什么，我这段时间总是容易忧愁伤感呢？以前不管病情多严重，我都没有这么多愁善感过……"

她的声音低沉，时断时续像是在自言自语。而随即而来的沉默，却更加令人不安。突然，她抬起头目不转睛地看了我一下，马上又低下头去，带着哽咽的中音说："不知道什么原因，我现在突然很想活下去……"

接着，她用小到几乎听不见的声音对我说："因为……有你在……"

无常如风起，人生不可弃。

这是我们两年前第一次相遇的夏天，我有次脱口而出的诗。从那以后，我总是有意无意地念起。

曾经忘却的那些愉快日子的记忆，又在念起这句诗的同时苏醒。那是我这一生中，比起活着本身，更加真切，更加栩栩如生的美好时光。

随后，我们开始为月底去八岳山麓的疗养院做起了准备。我找准了那位仅有一面之缘的疗养院院长恰好来东京的机会，请他在节子出发前为她做一次诊断。

某天，我费了好大周折把院长请到节子位于郊外的家。做完初步诊察后，院长告诉我们："不算什么大碍，啊，总之去山里住上一两年，再忍忍就可以啦。"说完就急匆匆地要回去了。我一路送他到车站，希望他能坦白告诉我，关于节子病情更加确切详细的情况。

"不过……这种话可不能跟病人说啊。我打算最近找她父亲好好谈谈。"院长这么说了开场白，接下来神色略显为难地跟我详细说明了一番情况。最后他盯了会儿一直沉默听他说话的我，一脸同情地说："你的脸色看起来也不好啊，要不我也顺便帮你诊察一下怎样？"

从车站回来，我再次走入病房。节子的父亲仍然待在节子身旁，正和她商量着去疗养院的具体行程。我尽量让心事不要写在脸上，也加入了讨论。"可是……"节子的父亲好像想到些什么，站起身来将信将疑地说，"既然医生说已经康复得不错了，那么在那边待一个夏天，应该就会好起来的吧。"说完，他就走出了病房。

屋子里就剩我们俩了，我们不约而同地沉默起来。那是一个富有春日气息的傍晚时分。

不知何故，我从刚才开始就一直觉得有些头痛，而现在这种感觉愈加强烈。我无声无息地站起身，蹑手蹑脚地靠近玻璃门，半开了其中一扇，倚靠在门上。我就这么恍惚地发着愣，也不知道自己在想些什么，眼神空洞地望着对面轻雾迷蒙的花草丛，心想："好香的气味啊，不知道那是什么花呢……"

　　"你在做什么呢？"

　　身后响起节子那稍显沙哑的声音，这声音让我瞬间从几乎麻木的状态中清醒过来。此时我依然背对着她，用漫不经心又像是若有所思的腔调不自然地回复道："我在想关于你的事，山里的事，还有我们即将开始的在山里的生活……"

　　我回答得断断续续，可是说着说着，连我自己也觉得我刚才确实是在考虑这些事了。是呀，不只这些事，我刚才还想到："去了那边后，肯定会发生很多事情吧……但是所谓人生，就如同一直以来所经历过的那般，或许听由天命、顺其自然才是最好的吧……这样一来，也许上天反而会赐予我们一些从来不敢奢望与期待过的东西……"我兀自这么想着，却没有注意到，自己已经被这些琐碎缥缈的情绪感染。

庭院里还有些光亮，可我这才回过神来，其实屋子已经完全处于昏暗之中。我赶紧让自己振作起来，问道：

"要开灯吗？"

"先别开灯……"她回话的声音，比起刚才更显沙哑无力了。

许久，我们之间静谧无声。

"花草的气味太强烈，让我有点呼吸困难……"

"那……我把门也关上吧……"

我的语气中饱含着某种类似悲伤的情绪，边说边伸手握住门把，关上了门。

"你……"这次，她的声音几乎已经沙哑到听不出性别，"你是在哭吗？"

我很惊讶，连忙回头告诉她："我怎么会哭呢？不信你来看！"

可是她只是静静地躺在床上，脸朝我的方向看过来。屋里已是如此昏暗，我无法肯定，她是否在目不转睛地盯着什么东西看。当我有些不安地顺着她的眼神望过去时，只看到一片虚空……

"我知道了……其实刚才院长先生跟你说话的内容……我明白……"

我想立刻告诉她一些什么，可我却什么也说不出来。我只能轻轻地把门关好，再次望向那已沉入深深暮色中的庭院。

随即，我的背后，传来了一声深深的叹息……

"对不起。"她终于说话了。声音中带着些许颤抖，但相比之前要镇静许多，"希望你对这些……不要太放在心上……从今以后，我们在一起能生活多久，就多久吧……"

我扭过头，而她正在用指尖悄悄擦拭眼角，而后那手指就一直停留在了那儿……

四月下旬一个微云的清晨，节子的父亲送我们来到车站，我们当着他的面，像是要去度蜜月一般甜蜜愉快，开心地登上开往山岳地区的火车二等车厢。当火车徐徐开动驶离车站，节子的父亲被独自留在了月台。他试图装出若无其事的轻松状，可他的后背已经微微弯曲，仿佛一下子苍老了许多。

等到火车完全驶离月台，我们也关上了窗，神情顿时变得落寞许多。我们坐在二等车厢某个空着的角落，彼此将膝盖紧紧地贴在一起，似乎这样子，就可以温暖两个人的心……

起风了

我们的火车，一路翻越了数不清的山川，沿着深河溪谷蜿蜒飞驰，又穿越满是葡萄田的高地，逐渐奔向了山岳地带。在这仿佛无休无止地攀爬高地期间，天空变得越发低垂，方才还像是被锁成一团的乌云，不知不觉间已开始分散开来，几乎像压在我们头顶一般。空气也开始凛冽寒冷起来，我竖起上衣衣领，不安地守望着将整个身子埋进披肩中，紧闭双眸的节子。她的脸上虽有疲惫，但更多的是掩饰不住的兴奋之色。她偶尔会睁开眼睛痴痴地看向我。起初我们还会相视一笑，可渐渐地，我们对视的眼神中莫名染上了一丝不安，总是在接触的瞬间就立即转移视线。

于是她又闭上了双眼。

"开始变冷了呢，是不是要下雪了？"

"都四月份喽，还会下雪吗？"

"嗯，这一带说不定还是会下雪的。"

尽管才下午三点，但窗外已是彻底昏暗下来。我望着窗外，只见无数并排的落叶松，它们的叶子已经败落，黑漆漆的树影之间夹杂着冷杉。这景象让我意识到，我们已经抵达了八岳山的山麓。按理说从这儿应该可以看到一些巍峨的山岳，却全然不见踪影。

火车在一个和小仓库没有两样的地道的山麓小站停了下来。来到小站迎接我们的，是一个上了年纪的勤杂工，身穿一件印有高原疗养院标记的号衣。

我挽着节子，走到车站前驻停的一辆老旧小汽车前。在我的手腕之中，突然感觉她稍微趔趄了一下，我故意装作没有注意到的样子。

　　"是不是累了？"
　　"才不累呢。"

　　和我们一起下火车的几个人，貌似是当地人，见到我们这副装扮，似乎在旁边窃窃私语着什么。当我们坐上汽车准备离开小站时，那些人已在不知不觉间混进了这里的村民之中，消失在村庄里，再也无法分辨出来。

　　我们坐的汽车穿过了一排破旧低矮的农家村落，一路朝着远在天边的八岳山驶去。崎岖不平的山路无限延展，让我感觉这颠簸不平的路程似乎永远不会结束。终于正前方出现了一栋高大的建筑物，红色的屋顶，建筑物背后是一片种植的杂树林，还有好几个附属楼。

　　"就是那边了吧？"我喃喃自语，感觉到身体正随着车身一起倾斜起来。

　　节子微微抬头，眼神之中带着忧虑，发愣般地望向那座疗养院。

　　到了疗养院后，我们被领到病房楼二楼的第一号房间，这间房位于走廊的最里面，房间后面就是那片杂树林。医生做了简单的诊察后，让节子尽快躺回床上休息。房间的地板是亚麻油毡铺成的，房间中的床、桌子、椅子全都被油漆成了纯白色。除了这些东西，房内就只有刚才勤杂工送过来的几个行李箱了。当房内只剩下我们俩单独相处时，我还是久久无法平静下来，不愿意马上就去病房边上专门配给陪护人的狭小侧房，只是漫无目的地环顾着这间毫无遮掩的房间，并不时地走到窗口，注意起天气的变化。风像是在用力拖曳着重重叠叠的乌云，后面的杂树林里不时地发出尖锐的响动。我一下子装出一副受凉的样子，转到了阳台。阳台与阳台之间没有任何隔断，互相连通，直到病房尽头。我看没有人，也就径直走了过去，一边走一边窥探每间房间。当我走到第四间病房时，恰好透过半开的窗户看到了一位躺着的病人，便匆匆返回。

终于有人把煤油灯点上了，随后护士为我们送来了晚饭，我们面对面坐着，对视不言。这是第一次我们单独一起用餐，然而这个第一次不免有些冷清与窘迫。我们吃着吃着，窗外已经一片漆黑，也就没有特别留意外面，突然觉得一切莫名地变得非常安静，原来不知不觉间，外面已经飘起了雪。

我起身，将本来半开的窗户用力关小，关到只有一丝缝隙之后，将脸靠近玻璃，望着窗外的飞雪发呆。我呼出的鼻息逐渐将玻璃弄得朦胧起雾，于是我离开玻璃窗，转头看向节子说：

"那个……你为什么要来这个地方……"

她躺在床上，仰着脸看我，那眼神透着欲言又止，似乎不希望我再说下去，把手指竖于嘴唇上。

八岳山的山麓十分宽阔，一片赭黄色，疗养院就坐落于这片山麓坡度从陡峭变得平缓的地方，与周围几栋侧楼并排着，向南而立。沿着这片山麓的延伸往前，是两三个小山村，也伴随着山势倾斜。这片山麓的尽头，是一大片黑松林包裹的山谷，已经在视线范围之外，不能清晰可见。

从疗养院朝南的阳台上远眺，可以将那些倾斜的村落以及赭黄色的农田尽收眼底。若是天朗气清，还能望见在紧紧围绕村落的无数松林之上，由南向西的南阿尔卑斯山脉①和它的两三条支脉，在云海翻腾缭绕之下影影绰绰，若隐若现。

住到疗养院的次日清晨，我在陪护人的房间内醒来。从小小的窗框向外望，看到碧蓝的晴空与一座座鸡冠状的山峰，仿佛是蓦地从空气中生出一般触手可及，令我吃惊。

---

① 日本的阿尔卑斯山位于中部山岳国家公园，在英文里称作 Japanese Alps，它属于日本本州中部的山脉。

躺在床上无法看到的阳台和屋顶上的积雪，已沐浴在突如其来的明媚春光之下，化作了冉冉升起的水蒸气。

我有些睡过了头，连忙起身来到隔壁的病房。节子已经醒了，把身子裹在毛毯里，脸上透着红润的气色。

"早安。"我的脸也感到有些发烫，语气轻快地问她，"睡得还好吗？"

"嗯。"她冲我点头，"昨晚吃了些安眠药，总感觉头有点疼。"

我尽量表现出这些都没什么要紧的样子，活力满满地打开了窗户和通往阳台的玻璃门。刺眼的阳光使我的眼睛一下子看不到任何东西，等过了一会儿慢慢适应之后，发现积雪的阳台、屋顶、原野，甚至连树木之上都升腾着轻柔的水蒸气。

"而且，我做了一个很好笑的梦哦，在那个梦里……"她在我的背后说道。

我立刻明白过来，她想用另一种方式将心中不好直说的话告诉我。每当这种时候，她的声音总是会显得有些沙哑。

这次轮到我转过身，对着她将手指竖于嘴唇上，示意她不必说下去……

没过多久，护士长带着亲切的笑容匆匆忙忙走了进来。这位护士长每天早上都会这样，依次巡视每个病房，探问每个病人的情况。

"昨晚休息得还好吗？"护士长声音明快爽朗地问道。

她什么也没说，只是老实地点了点头。

在山里的疗养院居住的生活，会带给普通人一种绝处逢生的特殊心境——想要从这种人迹罕至的地方，重新开始自己的人生。我开始觉察到，自己似乎也不自觉地产生了这种并不熟悉的心境。

节子入院后不久，院长把我叫到他的诊室，给我看了节子患病的 X 光片。

为了让我看得更清楚，院长把我带到窗边，让阳光透过 X 光片，开始一一进行说明。右边胸部的几根白色肋骨清晰可见，但左边的胸部却几乎看不到什么肋骨，只有一块诡异的像是黑色花朵一般的病灶。

"病灶比预料的扩散得要快啊……没想到已经严重到这种程度……如此看来，就算放在整个疗养院里，估计也是严重程度排前两位的病人了……"

我从诊室出来后，院长的那些话犹在我耳边嗡嗡作响，我好像失去了思考的能力，似乎这些话和我没有任何关系，只是意识中不断浮现出刚才看到的那张有黑色花朵的影像。回去的路上，我一路遇到身穿白衣的护士和裸着身子在阳台上沐浴阳光的患者们。吵嚷的病房，小鸟的鸣啭……所有这一切，似乎都与我毫无关系地匆匆掠过。

终于，我回到了最里面的病房楼。当我迈开机械的步伐准备上楼的时候，紧挨着楼梯的病房里突然传出一阵我从来没有听到过的连续干咳声，这声音听得我心中骇然，头皮发麻。

"咦，原来这里也住着病人？"

我心中暗想，一边木然地注意到门上的数字：NO.17。

于是乎，我们就开始了不太一样的爱情生活。

节子入院以来，医生一直要求她必须静养，所以她也就一直躺在床上。因为这样，与住院前只要身体一有好转，就动不动起身下床的她相比，现在的她看上去反而更像是一个病人的样子。不过，她的病情没有继续恶化。医生们似乎总把她当作一个很快就会痊愈的病人看待。

院长有时候还开玩笑地说："这样我们就可以活捉病魔啦！"

像是要追赶之前缓慢的时光，季节在这段日子里突然加快了换季的步伐。春与夏几乎同时来到人间。每天清晨，我都在黄莺和布谷鸟的鸣啭声中醒来。接下来的一整天，周围树木的鲜绿从四面八方涌来，就连病房也感染了这股清爽的颜色。那些日子里，似乎连清晨从群山中喷涌而出的白色云朵，在傍晚时分再次回到群山怀抱的种种景致，也尽收眼底。

　　在这些我们朝夕共处的最初的日子里，这些我几乎在节子的枕边形影不离的日子——每一天都过得如此雷同，却又全都充满了单纯的魅力，以至于当我再次回想起来的时候，已经几乎记不清哪些事情发生在前，哪些发生在后。

　　话虽如此，倒不如说我们在那些无比相似、重复单调的日子里，逐渐从时间这种东西之中脱离开来。于是，在脱离时间之外的日子里，就连发生在我们日常生活中的琐碎小事，也变得饶有趣味，有了迄今为止截然不同的奇特魅力。

　　我感受到，在我身边的她那温润的体温、那迷人的香气、那略显急促的呼吸以及我握在手里的柔软纤手，带着笑意，与我之间不时地进行着平凡的对话——那些日子就是如此单纯，除去这些便一无所有。可是我相信，我们所谓的人生，真正不可缺少的要素也无非如此。这一切都如此简单，却又如此让我们心满意足，唯一的理由，我确信是因为和我一起分享这些琐事的，是这个女人。

　　说起这段日子里唯一算得上大事的，就是她时常发烧。这也确实让她的身体更进一步走向衰弱。可是，即便在这样的日子里，我们依然能从一成不变的日常生活中感受到一种魅力，一种更加细腻、更加舒缓的如同一起偷偷品尝禁果的味道。

　　所以，那带有几分死亡味道的生之幸福，在那个时候，反而被我们更加完全地保护起来。

在某个傍晚时分，我站在阳台上，节子躺在床上，一同出神地眺望着同一个远方。那里夕阳刚刚落入山峦的背面，夕阳的余晖使得周围的山峰、丘陵、松林、山田都带着一半鲜艳的朱红色，一半模糊的浅灰色。偶有小鸟蓦地飞起，像是突然兴起而至一般，在森林的上空划出一道抛物线。我想，眼前这一瞬间的景致也仅仅在初夏的傍晚时分才能看到。其实本是习以为常的景象，如果不是此时此刻在这里看到，恐怕不会产生如此幸福满满的感觉。

于是我开始梦想着，在很久很久以后，当我不知何时再次看到如此美丽的黄昏，重新复苏此刻的心情时，一定能在黄昏的景色中找回那张描绘过我们幸福的光影。

"你这么出神地在想些什么呢？"节子在我的身后开口问道。

"我在想，等到很久以后的某天，我们重新回顾现在在一起的日子，那该有多美好。"

"也许真的很美好呢。"她像是很认同我说的话，轻松愉悦地回答。

　　随即，我们又不再说话，再次出神地看着同一个方向的风景。然而不知怎的，我突然觉得，自己好像变得不是自己了。我感到一股漫无边际的迷茫，这感觉让我莫名地痛苦不堪。这时，我听到身后似乎传来一阵深重的叹息声，而我又恍惚觉得这叹息声是我自己发出的。为了进一步确认，我转过身子看向了节子。

　　"可是按现在这种状况的话……"她的目光直接回望着我，声音带着嘶哑。话才说出口，又似乎踌躇了一下什么，随即以一种前所未有的，非常干脆利落的语气继续说道："我要是真的能一直活下去该有多好。"

　　"你又说这种话！"我略显焦急地小声吼道。

　　"对不起。"她简短地道歉之后，便将脸背向了我。

之前那种难以言说的情绪，此时也似乎逐渐变成了一股焦虑不安。我再次将视线投向山的方向，可刚才那一瞬间在这片风景中产生的不同寻常的美感，忽然之间消失殆尽。

这天夜晚，正当我准备回到隔壁的侧房睡觉时，她叫住了我。

"之前真是不好意思。"

"已经没事了。"

"我啊，其实当时想说的不是这个，可是……一不小心，却说出了那样的话。"

"那么，你当时想说的到底是什么？"

"……我记得你之前不是跟我说过，只有在面临死亡之人的眼里，才能体会到大自然真正的美丽……我，我当时，想起的就是这句话。于是当我意识到自己感受到了那么美的风景时，不禁就想了起来……"

她一边说，一边凝视着我的面庞，神情之中似乎诉说着什么。

她说的这些话让我心疼不已，我不禁闭上了双眼。忽然，一个念头在我脑海里闪现。接着，之前那股一直让我焦虑不安、难以言明的感觉，终于逐渐在我内心清晰浮现：

"是啊，我怎么就没意识到呢？那个时候感受到自然之美的，并不只是我，而是我们。这么一说，刚才节子的灵魂透过我的眼睛，透过我的思绪，看到了一场梦境……如此看来，节子当时正在幻想中看到自己生命的最后瞬间，而我却如此任性，自私地想象着我们都会活很久之后的情景……"

不知过了多久，当我从这些念头之中挣扎出来的时候，一抬眼发现，她依然一动不动地注视着我。我避开她的目光，走到她床前俯身轻吻她的额头，而我心里却已是羞愧不已。

终于到了盛夏时节。这里的夏天似乎比平地上更为炽烈。疗养院后面的杂树林就像在燃烧着什么东西一般，蝉鸣声一天到晚不曾停歇。门窗敞开的时候，会飘来树脂的气味。黄昏的时候，很多患者为了让呼吸通畅一些，纷纷把床位挪到阳台。当我看到这些患者时，才发觉最近这段时间住进疗养院的病人似乎又增加了不少。不过我对这些并不关心，依旧过着我们二人世界的生活。

这一阵子，节子因为酷暑难耐，完全没了食欲，到了晚上也是不能安眠。为了能让她好好睡个午觉，我比之前任何时候都更留神走廊里的脚步声，以及防止蜜蜂和牛虻等飞进屋子。我开始发现，自己的呼吸也因为这炎热的天气而变得粗重起来。

我就这样屏气凝神地守护在节子的枕边，守护她的睡眠，她能睡得好，就感觉像是我自己睡好了一样。我非常明显地感觉到，她在睡梦中因为呼吸时促时缓而感到不舒服，这总是让我感到非常难过。我的心脏伴随着她一起跳动，轻微的呼吸困难似乎还是不时地侵扰着她。

这种时候，她的手会有些微颤地抬起，放在喉咙附近，像是要掐住喉咙止息这不适——我猜想她是不是做了噩梦，正当我犹豫是否要叫醒她的时候，那痛苦的状态似乎又一下子消失了，她的整个神情都变得平缓放松。这让我不由得松了一口气，甚至对她平缓均匀的呼吸感到一种舒慰。等她醒来后，我轻柔地吻着她的秀发。她用带着疲倦的眼神望着我：

"你一直都在这里吗？"

"嗯，刚才我也小睡了会儿。"

那阵子的夜晚，有时候我自己怎么也睡不着的时候，也好像有了这种习惯，会不自觉地学她的动作，抬起手放在喉咙上，做出意图掐住那种不适感的手势。当我突然意识到自己的动作后，才终于发觉自己是真的感到呼吸困难了，可不知怎的，我反而觉得挺开心的。

"你最近的气色看起来不太好啊，"有天她比平常更仔细地端详了我一番，对我说，"是发生什么事了吗？"

"没有的事。"她的话让我感到心里很舒服，"我不一直都是这样吗？"

"不要老守着我这个病人了，偶尔出去散散步也好。"

"天气这么热，散步就算了吧……到了晚上又是一片漆黑……再说，我这不是每天都在疗养院里来回走动吗？"

为了不继续这个话题，我开始跟她聊起经常在走廊上及别的地方碰到的其他患者。我跟她讲经常聚集在阳台上的几个少年，他们会把天空看成竞马场，把飘浮的流云想象成各种各样的动物；讲那个患有严重神经衰弱、身材魁梧到让人畏惧的大个子病人，他总是扶着陪同护士的手臂，无所事事地漫步在走廊上……诸如此类。唯独没有提起的病人，就是从未见过的住在 17 号病房的患者。每次我经过那间病房，总会听到那令人毛骨悚然的咳嗽声，我想，这座疗养院里最严重的患者，恐怕就是住在那里面的人吧……

八月渐渐走向末尾，但每晚无法入睡的问题依然存在。在某个难以入眠的夜晚，当我们一直辗转反侧时（当时早已过了规定的就寝时间 9 点……）远处的对面楼下不知何时喧闹起来。

喧闹声中夹杂着在走道上来回小跑的脚步声、护士刻意压低的呼喊声、器具之间尖锐的碰撞声。我不安地侧耳仔细听了一阵，等到那喧闹声终于停息，然而几乎在停下的同时，又从各个病房中爆发出同样的喧闹声，最后连我们正下方也传来喧闹的动静。

我大致明白现在如风暴般惊扰整个疗养院的是什么。那一阵，我多少次竖起耳朵偷听隔壁病房里的节子的动静。虽然病房里的灯早已熄灭，可是她似乎并没有睡着，她像是一动不动地躺在那里，甚至都没有翻过身。我也一动不动地静静躺着，等待这场风暴的过去。

直到午夜，风暴才终于像是停息了。我总算松了口气，晕晕乎乎地正要睡过去，忽然隔壁房间传来两三声咳嗽声，那是节子一直压抑着的，终于爆发出来的咳嗽声。我一下惊醒，发现那边的咳嗽声很快就停了下来，但我实在不放心，就蹑手蹑脚地走到了隔壁房间。在黑暗中，独自一人的节子好像显得有些害怕，她睁大了双眼，望向我这边。我默默来到她身边。

"我没事的。"她勉强自己微笑着，用我几乎听不见的微弱声音说。我什么也没说，默默坐到了她的床沿。

"我想你陪我。"
节子一反常态，带着柔弱的语气对我说。就这样，我陪着她一起一夜未眠，一直到天亮。

这件事之后不到两三天，夏天就匆匆衰退了。

到了九月，有些狂暴的大雨停停下下，反反复复，之后又连续不断地下了好一阵。这大雨像是等不及树叶自然枯黄，迫不及待地让它们早点腐烂。疗养院的每个房间都终日紧闭门窗，很是阴暗。风时不时地吹动着门窗，发出响动。后面的杂树林里经常传来枯燥、单调、沉闷的声音。在不起风的日子里，我们会一整天聆听着雨水顺着屋檐落到阳台的声响。在一个清晨，大雨总算化成了淅淅沥沥的小雨，我有些迷惘地望向窗外，阳台前面那狭长的中庭多少敞亮了些，只见一位护士在朦胧微雨中，采摘着盛开的野菊花和波斯菊，随后又从中庭的另一头往这边走了过来。我认出她是那间 17 号病房的陪同护士，忽地想到：

"啊，看来那个总是发出令人硌硬的咳嗽声的病人，恐怕是死了吧？"我目不转睛地望着那位护士的身影，她在雨中尽管被淋湿，仍在不停采花，不知为何，我感觉她好像带着几分兴奋和愉悦。

不知不觉间，我的内心突然感到一种揪紧的难过。

"这里最严重的病人，应该就是那个人吧？那个人既然已经死了的话，那么下一个，会轮到谁呢……啊，要是院长之前没跟我说那些话就好了……"

直到那位护士抱着一大束花走过来的身影消失在阳台的阴影中时，我才回过神来，我把脸贴近窗户的玻璃，茫然若失地向外望着。

"你在看什么呢，这么出神？"躺在床上的节子问我。
"下着这样的雨，刚才我还看到有位护士在雨中采花，不知是采给谁的。"

我一边喃喃自语般小声嘟囔着，一边终于离开了窗边。
可是在那一整天，我不知出于何故，几乎始终没有正面直视过节子一眼。我可以感觉到，节子已经洞悉一切，却故意装作什么都不知道的样子，只是时不时会全神贯注地望着我，这反而让我愈加感到痛苦。

我很清楚，我们俩之间若是一直抱着这种无法与对方坦白的不安与恐惧，只会逐渐分歧疏远，这是绝对不可以的。我努力想要早点忘记这件事，可是越是想忘记，这些事就越容易在脑海中浮现出来。最后，我甚至想起了最初住进疗养院那天，她在那个大雪纷飞的夜晚所做的不吉利的梦。节子起先并不想告诉我，但由于我的坚持，她才说出了那个不吉利的梦——在那个怪异的梦里，她梦到自己变成了一具尸体，躺在棺材里。人们抬着棺材，穿过不知哪里的无名原野，来到森林中。梦中已经死去的她，却透过棺材清清楚楚地看到了寒冬中萧条荒凉的大地以及乌黑的枞树，听得到风吹过树梢之间的冷清幽鸣……当她从梦中醒来时，却仍能真切地感觉到自己耳畔的阴冷，而且依然能从耳中听到那枞树林间沙沙的响声……

带着雾气的如丝细雨依然连绵不绝，季节已经彻底转变。如果细心观察便会发现，疗养院先前众多的患者，已然一一离开，留在这里的，都是不得不在院里过冬的重病患者。疗养院之中，又再次回到了夏天前那般冷清，而17号病房患者的死，愈加使得这份冷清显得缄默。

九月尾的一个清晨，我透过走廊背面的窗户，无意中朝后面的杂树林瞅了瞅，看到雾气弥漫的林子里，有一些之前没见过的人在进进出出，这让我觉得很蹊跷。我试着问了问护士，她们好像也不清楚的样子，于是我也就淡忘了这件事。不过第二天一早，又有两三个勤杂工进入了杂树林，透过雾气隐约可见，他们正在砍伐山坡边上的栗子树。

这天，我偶然打听到一件其他患者大概都不知道的事。之前提到的那位令人畏惧、神经衰弱的患者，听说在树林里上吊自杀了。这么一说我才意识到，之前每天都能在走廊里看到那个大个子好几次，扶着陪同护士的手臂来回溜达，而从昨天开始确实就不曾见过他的身影。

"这次轮到那个男人了吗……"

自从 17 号病房的病人死后，我也变得有些神经质起来。而那人死后仅仅不到一周，却又意外发生了这样的死亡，不禁让我怅然若失。这么凄凉的死法，当然让我感到非常难受，以至于我之前郁郁寡欢的心情，也由此被冲淡而变得淡然了。

"即便医生说节子的病情仅次于那死去的病人，但也不意味着她就一定会死啊！"我故作乐观地安慰自己。

屋后杂树林里的栗子树被砍掉了两三棵后，空出来的地方总让人感到空空荡荡。勤杂工们辛勤工作着，开始沿着山坡的边缘挖起来，他们把土运到下面坡度比较陡的病房楼北侧空地，将那一片的坡度填得平缓了许多。还有人开始进行修剪花坛的工作。

"您父亲来信啦！"
我从护士送来的一大沓信中抽了一封递给节子。她躺在床上接过信，眼神中一下闪耀出少女般的光芒，立刻读了起来。

"哎呀，父亲说要过来看看呢。"

原来信中写她父亲现在正在旅行中，打算在返程的时候顺路过来疗养院看看情况。

那是十月里的一个晴天，就是风稍微有些大。这段日子以来节子一直卧病在床，食欲不振，看起来消瘦了许多。可是自收到信那天之后，她就开始勉强自己尽力多吃点，有时候还会从床上起来，小坐一会儿。她的脸上常常浮现出灿烂的笑容，像是想到了什么好事一般。这种少女般的微笑，我知道只有在她父亲面前才会展现。我也乐意看她这么笑着，不曾多说什么。

几天以后的一个下午，她的父亲来了。

他的外貌比之前看起来老了不少，最明显的就是他的背驼得更厉害了。这副模样不禁让我感觉，他似乎是对医院的氛围有些恐惧。他弓着背走进病房，坐在节子枕旁，这个我平时坐的地方。也许是节子的身子最近有些活动过多，昨晚开始稍微有些发烧，医生嘱咐她一整天都要好好静养。尽管她内心充满期待，可还是乖乖听了医生的话。

她父亲本来以为自己的女儿应该恢复得差不多了，可此时看到她依然躺卧在床上，脸上不禁露出了不安的神色。之后，他好像是要去弄清楚女儿依然卧病在床的原因，认真环视了整个病房，关注着护士们的行为举止，还去阳台转了一圈，一切似乎都让他感到很满意。这时，他看到节子的脸颊上露出了玫瑰般的红色，不知这是因为发烧导致的，还是因为兴奋的心情。他反复强调说："不过脸色还是不错的。"像是想用这话努力安慰自己，女儿的病情确实有所好转。

我借故说还有事情要办，走出病房，让他们父女俩独处。

等过了一会儿我重新走入病房，只见节子已经在床上坐了起来。她的床单上，铺满了父亲给她带来的点心盒子和其他小纸包。那些都是她小时候喜欢的东西，她的父亲自然认为她现在应该也喜欢。一看我进来了，她好像一个做了恶作剧被拆穿的小姑娘，羞红了脸，收拾了一下床单上的东西，放到一旁，立马就躺下了。

我有些拘谨，坐在离他们父女稍微有点远的窗边的椅子上。他们就继续刚才被我打断的话题，用比之前更细微的声音静静聊起来。他们谈的多是一些我并不熟悉的人与事。其中有一件事似乎让她有一些感慨唏嘘，不过这些都是我所不了解的内容了。

我注视着他们愉快交谈的情景，想象着自己是在欣赏一幅画。我在他们的交谈中看到，她和她父亲说话时脸上的神情与抑扬顿挫的语调，看到她身上那股极其纯真烂漫的少女光辉再次回归。她如同孩子般幸福的表情，让我不禁想象着我那未曾看到过的，她少女时期的样子……

过了会儿，当房间里只有我们两个的时候，我靠近她的耳畔，轻轻逗她说："不知怎的，我感觉你今天像是个我不认识的玫瑰色的少女。"

"你说什么呢！"她像个小姑娘似的，用双手捂住了脸庞。

父亲在疗养院待了两天就走了。

离开前，他让我带他在疗养院周围溜达了一圈。其实我知道，他是希望和我单独谈一谈。那天天气晴朗，风和日丽，八岳山赭黄色的山脊显得特别清晰。我对他指指远方的群山，他只是略微抬眼看了看，便继续跟我絮叨地谈话：

"她现在的身子能不能适应这里的气候啊？已经住了

大半年了，我还以为她的情况会有些好转呢……"

"那个……今年夏天无论哪个地方的气候好像都不太好……而且我听说，这种位于山中的疗养院，冬天是最适合病人康复的……"

"如果能一直坚持到冬天的话，有可能对她也好……可是你看她现在这个样子，还能忍受得去吗？"

"但是她自己也打算冬天住在这儿。"我不知该如何向节子的父亲解释，说这座大山虽然让人感觉孤独，却孕育了我们许多的幸福。一想到他已经为我们牺牲了那么多，有些话就再也无法说出口，只能继续彼此之间并不一致的谈话。

"那个……您也难得来一趟山里，怎么不多待几天呢？"

"……不过，你会一直在这里陪她到冬天吗？"

"嗯，那当然，我肯定在这儿。"

"那可真是对不住你了……你现在还在工作吗？"

"没有……"

"你也不能总为她着想，自己的工作多少还是要做些的。"

"好的，今后我稍微做一些吧……"我言辞闪烁地回答。

也是，我已经很长时间没有考虑自己的工作了。无论如何，我也该尽量早点开始做些工作了。

一想到这儿，不知为何，我的心情突然变得高昂起来。之后我们都没有说话，静静地站在山坡上，久久仰望着天空。无数鳞片般的云朵，悄悄地从西边的天际飞快地飘到了无尽的苍穹之间。

过了不久，我们穿过树叶已经枯黄的杂树林，从后门绕回了疗养院。当天仍有两三个勤杂工在那里挖土坡，我们从旁边经过的时候，我不以为意地说道："他们好像要在这里修一个花坛。"

黄昏时，我一路将节子的父亲送到停车场。等我回到病房时，看到节子侧卧在床上，咳得十分厉害。我几乎从没见过她这么严重地咳嗽过，等她稍有缓和之后，我问她：

"怎么回事啊？"

"没什么……过一会儿就没事了。"她艰难地说完，又说，"给我倒杯水吧。"

我拿起长玻璃水瓶，把水倒入杯中，捧到她嘴边。她一口气喝完了，总算显得平静了许多。然而这平静也只是暂时的，很快她又咳嗽起来，咳得比刚才还要剧烈。我见她的身子在痛苦地挣扎着，几乎整个身体都要掉到床外面去，我一筹莫展，只能不停地询问她：

"要我去喊护士过来吗？"

"……"

她在剧烈咳嗽之后停歇的间隙，仍然痛苦地弓着身子，不停地颤抖，双手捂脸，对我微微点头表示同意。

我匆忙去叫护士。护士跑得很快，把我抛在了身后。

等我随后进入病房，看到护士正用双手从背后架着节子，将她的身子调整了一个舒服一些的姿势。可是节子依然蒙蒙的，木然地睁大着双眼，看来咳嗽的发作暂时止住了。

护士慢慢松开搀扶她的双手，说：

"咳嗽已经止住了……请保持现在这个姿势，不要去动她。"说着，护士又将节子揉搓凌乱的毛毯收拾好，说，"我现在去拿针剂过来。"

护士起身往外走，看到站在门口茫然无措、不知该去哪儿的我，小声对我说："她咳出了一些血痰。"

我这才走到她的枕边。

她已经睡着了。在她苍白的额头上，散落着一小簇小旋涡般的卷发。我将卷发撩到上方，随后用手轻抚着她那冷汗淋漓的额头。这时她好像才终于感受到了我身上温暖

的存在，嘴角泛起了一刹那迷人的微笑。

之后，每天都是绝对安静的日子。

病房窗户上黄色的遮阳帘全部被拉了下来，房间内变得灰暗，护士们进来的时候也都蹑手蹑脚。我几乎在她的枕边寸步不离，就连夜晚的护理工作也一并承担。节子有时会愣愣看着我，似乎想说些什么。我会立即把手指放在自己唇上，示意她不要说话。

这种沉默让我们分别沉浸到自己的思绪中。尽管这样，我们却能够清晰地感受到对方的思绪，而这清晰的感受有时让我们彼此都感到痛苦。现在我很清楚地明白，咳血痰完全是节子一直以来为我忍耐牺牲的结果，只不过这次刚好变成了清楚可见的事实。与此同时，节子也一直非常懊悔，懊悔自己太过轻率，一瞬间就打破了我和她一直小心翼翼维持栽培起来的某种东西。

节子完全没把自己的牺牲看成牺牲，反而责怪自己的轻率，这让我异常揪心。她竟然把自己的忍耐与牺牲当作一种理所当然的付出，在这张不知何时会通往死亡的病床上，和我一起品尝生之快乐——我们如此坚信，除此之外没有其他能使我们感到幸福的东西了——可我们是否真的为这生之幸福而感到满足呢？和我们心里坚信的东西相比，此刻我们所认为的幸福，是否太过如梦似幻、反复无常了呢？

　　整夜整夜的守护，也让我感到疲惫，我在浅眠的节子身旁，翻来覆去地思考着这些问题。最近我老觉得有什么东西在威胁着我们的幸福，这让我时常感到不安。

　　不过这场危机，只持续了一周就消退了。

　　一天早上，护士来病房，终于卸掉了房里的遮阳伞，敞开了窗户，随即离开。秋天的阳光耀眼地照了进来。她醒过来后，躺在床上感叹："好舒服啊！"

我正在她的枕边翻阅报纸，心里默默想：那些给人们带来巨大冲击的事情，在结束之后回想起来，竟也如此缥缈无踪，杳无痕迹，仿佛一切都事不关己。我偷偷瞧了瞧她，不禁用一种调侃的语气对她说：

"下次你父亲再来，可别像之前那么兴奋啦。"

她脸上泛红，欣然接受了我的意见。

"下次父亲来，我要装作不认识他！"

"这可够呛啊……"

我们互相开着玩笑，互相安慰对方的心情，像小孩子似的，把所有的责任统统推到了她父亲身上。

这之后，我们就自然而然地放松下来，以一种轻松的心态去看待这周发生的事，认为都只是些意外。直到刚才还侵扰着我们肉体和精神的危机感，一下子全都抛在脑后。至少，我们是这么认为的……

一天晚上，我在她身旁看书。忽然就合上了书走到窗前，沉思伫立良久。随后才再次回到她身边，拿起书本重新开始阅读。

"怎么了？"她仰面问我。

"没什么。"我装作若无其事的样子回答，随后装作注意力都在书上的样子。但终于还是开口说："来到这儿之后就一直没干什么事，我刚才突然想，也该找点事情做做了。"

"说的也是，工作还是要做的。父亲之前也对此很担心呢。"她一本正经地说，"你也不要只顾虑我的事……"

"不，你的事还是需要多顾及……"我脑海里突然浮现出之前构思的某个小说的轮廓，我一边试着抓住灵感，一边喃喃自语似的继续说，"其实，我打算写本关于你的小说。除了你的事之外，我目前好像也不会去多想其他东西。我想，可以把我们彼此给予对方的幸福感——在这种别人认为已经是绝境的时刻迎来的生命的愉悦——把这份不为一般人所知，只有我们才感受得到的东西，用更加确定、生动成形的方式表达出来，你能听懂我的意思吗？"

"我懂。"她懂我的心思，就像懂自己的心思一样简单，立马做出了回应。但随即她轻轻扬起嘴角，微笑着说：

"写我的话，尽管随你自己喜欢的方式去写吧。"

但我很直率地接受了这句话。

"嗯，我当然会按照我喜欢的方式去写你……不过，要写这部小说，我有个非你不可的忙要你帮哦。"

"我能帮得上什么忙啊？"

"没错，我希望你呀，在我工作的时候，从头到脚都是幸福满满的状态，不然……"

比起一个人发呆想心事，这样和节子一起思考的方式，反而让我的头脑和灵感变得更加活跃与清晰。我感觉就像压抑在心中的灵感正源源不断地涌出，这使我在病房来来回回踱步思索。

"老是待在病人身边，你也会没精神的……要不出去散散步吧？"

"嗯，我要开始正式写作的话……"我双眼炯炯发亮，神采飞扬地回应她，"那经常散步也是必要的！"

我走出那片森林，绕过一片大沼泽，来到一块无限伸展的八岳山山麓前。在远方，接近森林边缘的地方，是一座狭长的村庄，还有沿着村庄铺展的农田。其中可以看到疗养院的建筑物，几片红色的楼顶好像鸟儿的翅膀一样展开，所以尽管从远处看变得很小，但依然可以清晰地辨认出来。

从清晨到现在，我也不清楚我走了多少地方，是怎么走过来的，我只是信步漫游在这一带，沉浸在自己的思绪中，走过一片片的森林。此刻，在秋高气爽的晴空下，这座疗养院的小小身影瞬间映入我的视线，在那一瞬间，我突然感觉自己猛然从迷茫中苏醒过来一般，第一次从长久居住的疗养院之外回看自己所处的那栋建筑物中的每一天，每天都被无数病患包围着，每天都无所事事地度过，这种生活其实本身就很异样。此时此刻，我感到我心中涌现的创作冲动在不停地催促着我，让我把与节子一起度过的异样美妙的日日夜夜，转化成一个非常凄美而祥和的故事……

"节子啊，我从来没有想到我们竟可以如此深爱对方。在我们相爱之前，你的存在也好，我的存在也好，都好像消失了一般……"

我回想着我与节子经历的各种往事，思绪时而迅速，时而平缓，时而纹丝不动地停在某处，似乎无休无止地逡巡反复。虽然我现在离节子很远，但这段时间我仍然不停地与她进行心灵的对话，并能听到她的回应。我与她之间的所有故事，就好像生命的本质一样，没有尽头。于是不知不觉间，这个故事也就有了自己的生命力，不再依靠我的意识，任凭自己的力量肆意展开。故事甚至会有自己期待的结局，把动不动就容易停留在某处的我抛下，自顾自地往身患重病的女主人公最终悲惨去世的结局上发展。女主人公预感自己的生命即将走到尽头，她竭尽一切使自己更加快乐地活下去，更加努力有尊严地活下去——她在恋人的怀抱中，为生者的悲痛而悲伤，却又无比幸福地走向了死亡——如此一个女主人公的形象，就仿佛被刻画在空中一样，清清楚楚地浮现在我眼前……

"男人为了让自己与恋人的爱情变得更加纯粹，劝说患病的女孩住进了山中的疗养院。然而死亡还是继续威胁着他们，男人开始怀疑他们是否能得到想要的幸福，即使两个人用这样的方式换来了全部的幸福，这幸福又究竟能否真的让彼此感到满足？而女孩在承受着死亡带来的苦痛的同时，始终感激一直陪伴她到最后的男人，最终无怨无悔地离开了人间。最后，男人也被这位高尚的死者所救赎，终于相信那些存在于双方之间的细小而质朴的幸福……"

这个故事的结局，像是早已被安排好了一般，等待着我的到来。忽然之间，那面临死亡之际的女孩形象，以出其不意的方式猛然撞入我的脑海。我仿佛从噩梦之中惊醒，被一种难以言喻的惊恐与羞愧侵袭。为了让身体从这些构思中脱身，我赶忙从坐着的山毛榉根上站了起来。

太阳已经升在高空。山岳、森林、村庄、农田——所有的一切都在秋天的阳光下一片安宁与祥和。远方那座看起来渺小的疗养院，想必一切也正在一如往常地反复发生着。忽然，疗养院中那一张张并不熟悉的脸孔在我的脑海中闪现，我想到节子与平时截然不同的身姿，我看到她一个人落寞地等在原地，等我回去。一念及此，我就开始变得忧心忡忡，忙不迭地走下山道往回走。

我穿过大楼后面的杂树林，回到了疗养院。随后绕过阳台，来到最里头的那间病房。节子完全没有注意到我，她和平时一样，正躺在病床上，一边用手指摆弄着秀发，一边用有些悲伤的眼神凝望着天空。我本来打算用手指敲敲窗户，但看到她这个样子，旋即打消了这个念头，目不转睛地望着她。

节子的表情好像是在努力压抑着一种危机感。那样子，恐怕连她自己也没有意识到此刻自己露出的木讷神情……这样的她我没有见过，只感觉心里揪紧地难受……突然，她的脸色明快了起来，她仰起脸，甚至露出了微笑。因为她发现我了。

我从阳台走入病房，来到她身旁。

"你在想什么呢？"

"什么也没想……"她回复我的声音听起来简直不像是她自己的。

我什么也没说，心情忧郁地保持了沉默。她好像找回了平日里的自己，用以往那种亲密的语调问我：

"你刚才去哪儿了？怎么去了那么久？"

"去那边了。"我随后指向阳台对面能望见的那片遥远的森林，简略回答。

"哦，去那个地方了啊……你的小说想得怎么样了？"

"呃，嗯……"我的回应比较冷淡，彼此又回到了之前的那种沉默。随后我突然用提高的声调问她：

"现在这样的生活，你觉得满意吗？"

对于这样突如其来的发问，她显得有些迟疑，但她凝视了我一会儿，似乎为了让我确信一般，坚定地点点头，并有些纳闷地问我：

"为什么这么问？"

"因为我总觉得，现在这样的生活，都是我一时任性的结果。虽然我一直觉得现在的生活非常重要，可是你跟着我……"

"我不喜欢你说这样的话！"她立刻打断了我的话，"说这种话才是任性呢。"

然而她的话并没有让我看起来很踏实。她带着羞怯，久久注视着我的消沉，最终像是忍耐不住似的开口说道：

"你难道体会不到，我对这里的生活感到多么心满意足吗？不管我的身体多么柔弱，我也从没有想过要回家。如果不是你在身边陪我，我真不知道自己会变成什么样子……就像刚才你不在房间里的那段时间，一开始我还告诉自己，你回来得越晚，我见到你时的喜悦感也会越强烈，所以我能勉强自己一直等你回来——可是当过了我以为你会回来的时间，我就会莫名地害怕起来，我觉得这间往常和你一起住的房间，也开始变得无比陌生。我害怕得甚至想要逃离这间病房……可是，当我想起你曾经对我说过的话，我的心情又逐渐平静下来，你不是曾对我说过吗？等到很久很久以后，我们要是再次回忆起如今一起度过的日子，那该有多美好啊。"

她的声音渐渐嘶哑，说完这段话后，眼睛一眨也不眨地盯着我看，嘴角微扬，带着似笑非笑的神情。

我听着她的话语，心里满满都是感动。我担心让她看到我感动的样子，于是轻脚走向阳台。我站在阳台上，认真欣赏着眼前的风景。秋天午前的阳光，和曾经那个完全描绘出我们幸福感的初夏黄昏很是相似，却又截然有异。这阳光带着一股清冷与深邃，与当时那个初夏体会到的幸福感一样，我的心被难以名状的感动填满，这感动是如此揪心，如此酸楚，令我难以抑制……

冬

一九三五年十月二十日

午后，我像往常一样将节子留在疗养院中，穿过农夫们忙碌耕作的农田，穿过杂树林，穿过山坳里那个人烟稀少的狭长村庄，穿过悬在溪涧上的吊桥，爬上村子对岸那栽满栗子树的小山丘，在山丘顶部的斜坡上坐了下来。在这里，我往往一待就是好几个小时，以一种明快而又平静的心情，沉浸在自己开始构思的小说之中。有时候，在我脚下的方向，会有孩子们摇晃栗子树，让栗子不停地落下。果实落地的巨大声响回荡在溪涧之上，将我从构思中惊醒……

在这些情境之下，我所听到看到的一切似乎都在告诉我，我们生命的果实，已经成熟了。并且同时催促着我尽快采摘，收获这些果实，这种感觉让我很是喜欢。

当太阳西斜，渐渐隐藏在溪涧边的村落对面，那片满是杂树的阴影中时，我开始缓缓起身，下山，经过吊桥，漫无目的地溜达在四面八方都回响着水车咕咚咕咚声响的村庄中，转上一圈后，来到八岳山山麓下铺满落叶的松树林边上，忽然想到节子现在应该在急切地等我回去，连忙加快了步伐，匆匆赶回疗养院。

十月二十三日

黎明时分，我被一声奇怪的动静惊醒。那声音好像就从我耳边发出。我竖起耳朵认真听了一会儿，只听到整个疗养院死一般地寂静。随后我觉得自己已经神志清醒，难以入眠。

有只小小的飞蛾粘在了玻璃窗上，我透过玻璃窗依稀看到两三点幽暗的清晨星光。此时，我渐渐对即将天亮的黎明产生了一种难以形容的落寞之感。我也不知道自己要做点什么，还是轻轻起了身，光着脚走进了隔壁仍然一片漆黑的病房。我走到床沿，俯身看着熟睡中节子的脸庞。不曾想，她突然出人意料地睁开了眼睛，直愣愣地看向了我。

"怎么了？"她惊讶地问我。

我用眼神告诉她不要担心，随即慢慢弯下身子，情不自禁地将自己的脸颊贴到了她的脸颊上。

"哎哟，好冷！"她闭上了眼睛，稍稍挪了挪头。我闻到了她的秀发散发出来的清香。就这样，我们一动不动彼此贴着对方的脸颊，感受着对方的气息，很久，很久。

"啊，又有栗子掉下来了……"她眯着眼，看着我小声说。

"啊，原来是栗子吗？就是这些栗子刚才把我惊醒的。"

我稍稍提高了声调，一边说着一边轻轻起身离开，走向不知何时已经逐渐明亮起来的窗户边。我靠在窗上，任由刚才那颗不知从谁的眼睛里落下的热泪，顺着我的脸颊滑落。我沉醉地望向远方山脊上几团驻留的云朵，那些云朵仿佛染上了浓浊的赤红色。不久，我又听到农田那边依稀传来一些声响……

"一直站在那里会着凉的。"她在床上小声说。

转过头，我本想着怎样用轻松的语气回应她，可当我一碰见她水汪汪的、带着忧虑的眼神，我一下子就什么也说不出来。我沉默地离开窗边，回到了自己的小房间。

几分钟后，她又开始难以抑制地剧烈咳嗽起来，这咳嗽已经成了每天黎明的惯例。我重新回到被窝中，怀着复杂不安的心情，听着她的咳嗽声。

十月二十七日

今天，我仍然在山林之间度过我的下午。

有一个主题，我一整天都在脑海里思索着。真正的婚约的主题——在这异常短暂的一生中，两个人究竟能给予彼此多少的幸福？在无法抗拒的命运面前，只能低头认命，彼此心心相印，用身体互相取暖，肩并着肩的年轻男女身姿……我们身为如此一对男女，这落寞却不悲伤的形象，越发清晰地浮现在我眼前。若是不写这些的话，如今的我还可以写些什么呢？

黄昏，那看似无垠的山麓，被凋零的落叶松林染成了一片黄色。我如往常一样，加快了步伐往回赶。路过松林边缘的斜坡，远远望见疗养院后方的杂树林尽头，站着一个身材高挑的年轻女子。她正沐浴着夕阳的余晖，头顶泛出耀眼的光芒。我稍稍停下脚步，思量着那个人可真像是节子。可是她只是一个人站在那个地方，使我不禁有些不确定。于是，我更是加快了步伐，用比之前更快的速度走近。等到距离近了一看，果真是节子。

"怎么回事？"我跑到她旁边，气喘吁吁地问。
"我在等你回来啊。"她微微羞红了脸，笑着回答我。
"别这么胡闹好吗？"我侧着脑袋看着她的脸。
"只此一次，没关系的……而且我今天感觉特别舒畅。"

她努力用一种明快愉悦的语调说着，目光直直望向我回来方向的那片山麓。"隔老远我就看到你回来啦！"

我什么也没说，站在她身边，和她看向同一个方向。

她又开朗地说："站在这个地方，能把八岳山看得一清二楚呢。"

"嗯。"

我有些敷衍地应了一声。就在我和她肩并着肩一同眺望八岳山的时候，心里突然冒出一种混沌奇异的感觉。

"像这样和你一起并肩眺望八岳山，还是第一次吧？可是不知为什么，我总觉得在此之前，我们似乎已经无数次这样看过那座山了。"

"这怎么可能呢？"

"不，对了……我终于想起来啦……我们俩在很久以前，在这座山的正对面，像今天这样一同眺望过。没错，那个时候还是夏天，云总是会把这里遮挡住，所以我们几乎什么都没看见……但是到了秋天，我独自去那里眺望，在地平线的尽头，我看到了这座山的另一边。虽说从那么远的地方眺望，也不知道是不是这座山，但确实挺像的。好像就是正对这个方向……你还记得那片长满芒草的草原吗？"

"嗯。"

"这可真神奇啊。我当时在那座山的山麓中，和你一起这样生活了那么久，竟然丝毫没有察觉到……"

正好是两年前的那个深秋，秋天的最后一天。我第一次从芒草蓊郁的草丛间眺望地平线尽头的群山。那时我几乎沉浸在悲伤的幸福之中，梦想着有一天我和节子会走在一起的画面。那些令人怀念的情景，此刻一一浮现在我的眼前。

我们都陷入了沉默。迁徙的候鸟群从空中飞过，无声地飞往天边。我们揽着彼此的肩膀伫立着，怀念着最初那些日子里的爱慕之情,眺望着重重叠叠的群山峻岭。慢慢地,我们的影子被逐渐拉长,投影在草地上缓缓伸展。

不久,起风了,我们的身后,杂树林发出了嘈杂的声音。我突然从回忆中清醒过来,对她说:"该回去了。"

我们走在落叶纷纷的杂树林中。我时不时地停下脚步,好让她稍稍走在我的前头。我想起两年前的夏天,我们在森林中散步的时候,我就是为了多看她几眼,总是故意让她走在我身前两三步的位置。那些细小而琐碎的回忆,早已充满我的心脏,紧紧包裹着我的心。

十一月二日

夜晚,一盏灯拉近了彼此的距离。我们默契地在灯光下沉默不语。我努力写着以我们的生之幸福为主题的故事，节子在灯罩阴影中，躺在昏暗的床上，安静得悄无声息，让我几乎不确定她是否还在那里。我有时会回头看她，于是发现她也正在凝视着我，我们四目相对，仿佛她一直一动不动地注视着我。她那充满爱意的眼神似乎在说："能够这样待在你身边，我就很开心。"啊，她让我无比确信我们现在所拥有的幸福，给了我无与伦比的信心与帮助，让我更加努力地将这份幸福转化成一种清晰的形态。

十一月十日

冬天到了。天朗气清，远山历历在目，似在眼前。群山之上，似乎只有雪云一动不动，叠成一团。遇到这样的清晨，就会在阳台上看到一些素未见过的稀奇鸟儿，我想大概是因为山里下雪才飞来的吧。等到雪云消散，山巅之上就会一整天显露出一片浅白色。这些日子里，已经有数座山峰都残留着积雪，很是醒目。

我想起多年以前曾怀有的一个理想：在像这样的冬天里，在幽静冷清的山区之中，与一个可爱的姑娘一起过着与世隔绝的生活，彼此深情地相爱，远离尘世的喧嚣，幸福地生活。我其实是想在这荒无人烟、条件严苛的大自然里，将我从小就存放在心中，至今未曾改变、鲜明如初的对美好人生的无限遐想，在这里实现。正因如此，我才无论如何都要在这个真正的寒冬时节住在这清冷的山区。

黎明时分，我趁着节子还在熟睡，悄然起身，抖擞精神离开山中的小木屋，飞奔向大雪中。周围的群山此时沐浴在曙光之中，照耀出玫瑰色的光芒。我从隔壁的农家拿了刚挤出来的新鲜山羊奶，回到了小木屋，这一路几乎将我冻僵。接着，我又给炉子添加柴火，片刻之后柴火发出噼里啪啦的声响，欢快地舞动着火焰。这声响使得节子渐渐醒来，睁开了眼睛。此时我的双手已经冻僵，然而这丝毫没有影响我愉悦的心情，开始拿起笔，栩栩如生地描写起这山中的生活……

今天清晨，我回忆起自己多年前的那个梦想，眼前浮现出一片生活中完全不可能出现的、犹如版画一般的冬季风光。我叨叨地跟自己商量着，如何调整这间原木搭起来的小木屋中多种多样的家具的位置。一会儿工夫，梦境的背景开始支离破碎，变得模糊一片消散而去。当我睁开眼睛，只剩下一些与梦境相连接的微微残留积雪的群山，顶着光秃秃的树木以及冰冷的空气……

独自吃过早饭，挪动椅子到窗边，从回忆中回过神来的我随即望向节子。节子好不容易吃完早饭，勉强自己支起身，带着迷离疲倦的茫然眼神，望向远方的群山。她的头发是如此凌乱，她的面容是如此憔悴。看到她这个样子，我的心里更是疼痛不堪。

"说不定，是我之前的梦想，才把你带到这里来的吧？"我几次想说出口，却因为心中满满类似悔恨自责的情绪，最终还是没有说出口。

"话说，这段时间我把精力都放在了工作上，对于在我身旁的你，却未曾考虑。我以前觉得，自己就算是在工作，也要更多优先考虑你的感受。这话我不仅对自己说过，也曾对你说过。可不知不觉间我就忘了初心，在自己这些没完没了的无聊梦想上浪费了这么多时间，反而对你的事忽略太多……"

也许是察觉到我在说这些话时的眼神，床上的节子没有露出丝毫笑意，专注地看着我。近段日子里，每当遇到这种情况，我们开始习惯如此，会比以前更久地四目相对，沉默不语，似乎要在彼此的眼神中，更加靠近对方。

十一月十七日

再过个两三天，我的笔记本就要用完了。如果我就这样一直将我和节子的生活书写下去，恐怕故事会一直没有结局。我知道，为了让这个故事结束，我必须要给它一个结局。然而现在的我根本不愿意用任何一个结局来打断当下的生活。不，应该说我不想给它所谓的结局。如果可以，我想让故事的结局停留在现在这个时刻，这可能也是最好的办法。

我们现在的状态让我想起曾经读过的故事中的一句话：

"妨碍幸福本身的，正是回忆曾经的幸福。"

如今我们给予对方的幸福，与之前我们给予对方的幸福相比，已是截然不同。如今的幸福，和之前的幸福有些相似的地方，却又有着本质的不同，它开始让我感受到越发痛楚的心酸。

这种令我无处遁形的幸福，并未完全展示出它的真面目，却又紧紧逼迫着我，让我怀疑我究竟是否能找到与我们幸福的故事相对应的结局。不知为何，我隐隐产生一种感觉，在我无法探清楚的人生的另一面，潜藏着什么对我和节子的幸福持有敌意的东西……

想到这些，我感到焦虑不安，一边思考，一边熄灭了灯。当我经过熟睡的节子身边时，蓦地停下了脚步，望向昏暗中她格外苍白的脸庞。她的双眼微微凹陷，眼圈周围不时抽搐几下，如同感受到什么威胁一般，令我不忍再看。难道是因为我自身难以言状的不安，使得她也感同身受了吗？

十一月二十日

我将目前所有的笔记认真读了一遍。读过一遍后，我感到那些用心描写的部分，多少能够达到让自己满意的程度。

然而另一方面，在我阅读笔记的过程中，我发觉自己已经不能完全体会到作为故事主题的、我和节子自身的"幸福"。我在故事中看到了一个意料之外的充满忧虑的自己，这使我的思虑不知不觉脱离了故事本身。

"在这个故事里，我和节子一边品味着那些微小的生之幸福，一边确信着彼此感到独特的幸福。仅此，就让我觉得心已被俘虏。但是，我们所要达到的目标是否有些过高了呢？再者，我对生命的渴求，是不是太过轻视了呢？由于这些缘故，我感到我的心此刻几乎要被扯裂崩塌了。"

"可怜的节子……"

我将笔记本随意扔在了桌子上，一点也没有想收起来的意思，继续思考着。

"我故意装作漫不经心，来掩饰内心对生命的渴望，而她总是沉默，装出毫不在意的样子，其实她早就看穿了我的心，不让我看出她对我的同情。而这，又让我的心倍感折磨……为什么我不能把自己的心思在她面前完全隐藏起来呢？为什么我竟是如此地软弱……"

我看向灯光阴影处躺在床上、半闭着眼睛的她。我感到自己快要喘不过气，于是离开灯光，缓缓走向阳台。

今晚的月光微弱，云雾遮绕着山川、丘陵、森林的轮廓，只能依稀可见，其余的一切也全都融入了朦胧的青色黑暗之中。

然而我的眼中看到的不止这些，我开始在脑海中回忆起那个初夏的傍晚，我和节子曾经怀着深邃的同情一起眺望过这些山川、丘陵与森林，坚信能将我们之间的幸福维持到最后。带着回忆看这些风景，我感到我们自身也已经化作了其中的一部分，并且随着我无数次的回忆，这些风景在不知不觉之中也成了我们生命中的一部分。风景随着季节变化着模样，而在岁月的流逝中，现在的我们几乎找不到曾经的自己了……

　　"是否只要我们共同拥有的幸福瞬间依然存在，就足以支撑彼此度过这些艰难的日子呢？"

　　我不禁问自己。

　　身后突然传来轻柔的脚步声，那想必就是节子了。可我没有转过身，依然一动不动地站在那里。她沉默不语，和我保持着一段距离站立。我能明显感到她离我很近，近到我能感受到她呼吸的声音。阳台上偶尔有冷风静悄悄地吹过，远处不知何处的枯木传来沙沙的声音。

　　"你有什么心事吗？"她终于开口问我。

　　我并没有立刻回应，而是突然转过身，敷衍地笑着反问:

　　"你应该明白的吧？"

　　她似乎在担心我的话有什么圈套一般，谨慎地看着我。

"当然是在想我工作的事啦。"我看她这样子，便缓缓回答。

"我怎么也想不出一个好的结局，而又不想以我们平庸地活下去作为故事的结尾。怎么样，要不你跟我一起来想个结局？"

她对我微微一笑，那笑容中潜藏着一丝不安。

"可我都不知道你写了些什么。"她小声说。

"也是。"我又一次敷衍地笑笑，"那我接下来几天给你念一遍吧，不过现在还只是初稿，还没有修改到适合念给人听的程度。"

我们回到房间，我又坐到了灯边，把摊在桌子上的笔记本重新拿起来翻阅。她仍站在我身后，手轻轻地搭在我的肩膀上，目光穿过我的肩膀看向笔记本。我立刻转过头，用有些干涩的嗓音对她说：

"你该去休息了。"

"嗯。"她温顺地回应我，稍显犹豫后将手从我的肩膀上抽离，躺倒在床上。

"我感觉自己睡不着。"两三分钟后，她躺在床上，像是自言自语地说。

"那……我把灯关了吧，我也差不多好了。"我说着就熄了灯，站起身走到她的枕边。我坐在床沿，握住她的手。我们就保持着这样的动作，在黑暗中静默不语。

风似乎比之前更大了，吹得四面八方的森林不停传出声响。时不时有风刮到疗养院的建筑上，将不知哪个房间的窗户吹得啪啪啪直响。最后大风掠过我们房间的窗户，传出拍打声。她好像很害怕这种声响，紧紧握住我的手不松开，闭着眼睛，像是在专注着自己内心的什么东西，让自己不要害怕。慢慢地，她握紧我的手开始松缓下来，看样子应该已经熟睡了。

"那么，现在该轮到我了……"我跟她一样，完全睡不着却又强迫自己睡下，自言自语地走向了自己那间漆黑的小房间。

十一月二十六日

最近，我总是在黎明时分睁开眼睛。一睁开眼，我就会悄悄起身，眼睛一眨也不眨地凝视她沉睡的脸庞。床沿和花瓶渐渐染上一层清晨的金光，唯有她的脸庞依旧苍白。

"真是个可怜的姑娘啊！"这句话似乎成了我的口头禅，总是在不知不觉间蹦出来。

今天清晨我依然在黎明时分睁开了眼睛，依旧凝视了节子睡着的脸庞很长一段时间，之后踮着脚尖离开了病房，走到了疗养院后面几乎已经完全凋零干枯的树林。每棵树上都只剩下两三片枯萎的叶子了，在寒风中瑟瑟发抖。当我走出这片空荡荡的树林时，朝阳刚刚从八岳山的山顶越过，从南向西，映染得并立在群峦之上凝滞不动的云块一片红光。然而这些曙光在还没有照在大地上之前，被夹在群山之间的空荡荡的森林、田野和荒地，就好像被天地遗弃一般。

我在枯树林之间来回走动，偶尔停下来，却又因寒冷不得不跺脚接着走动。我的脑中没有任何思绪，茫然地徘徊晃悠。一个不经意，我抬头望向天空，发现天空中的曙光不知何时已经消失，被黑色的云层完全遮盖。我顿时觉得兴致索然，刚才还在心里期盼着犹如火焰的旭日红光照耀大地，此时只得急匆匆地赶回疗养院。

节子已经醒来。然而见我回来，她只是朝我的方向瞥了一眼，眼神中充满了忧郁。她的脸色比刚才熟睡之时更显苍白。我靠近枕边，轻轻抚弄她的秀发，做出要亲吻她的姿势。她虚弱地对我摇摇头，我便也不说什么，只是悲伤地看着她。但她似乎不愿意看我这个样子，或者说不愿意看到我的悲伤，只是愣愣地盯着虚空。

夜

　　只有我一个人不明状况。上午的诊察结束后，护士长把我叫到走廊上，之后我才第一次知道，节子在今天早上我不在的时候咳出了少量血。她对我隐瞒了这件事。咳血的程度虽然还不算很危险，但为了以防万一，院长打算最近给节子安排一名陪住护士。我除了同意之外也没有什么办法。

　　我们的隔壁正好也空出了一间病房，我就搬了过去。这个房间的每个地方都跟我和节子住的那个房间极为相似，却又无处不显得陌生。我一个人冷冷清清地在屋子里写着日记。可是即便我已经在这个房间里待了好几个小时，依然有种空荡荡的感觉。在这里，似乎连灯光都透着冰冷，好像没有任何人存在一般。

十一月二十八日

我的工作笔记基本上都已完成，我将它丢到桌上，不打算继续了。可我已经答应了节子，说为了早点完成它，需要暂时离开她独自生活一阵子。

可是，我该如何带着现在这样不安的情绪，投入到故事里描述的那种幸福的状态中去呢？

我每天隔两三个小时就会去隔壁的病房，在她的枕边坐一会儿。可是节子此时处于禁止说话的要求中，于是我们基本上缄默着。即便护士不在，我们也只是握紧彼此的手，尽量不去看对方的眼神。

然而，总有些时候我们的目光会相接，此时她会给我一个害羞的微笑，像是我们初识之时那般。随后她又立刻移开视线，朝上望着虚空，平静地躺着，像是对当下的遭遇没有任何的不满。

有一次，她问我工作进展得怎么样了，我摇了摇头。她露出略显遗憾的表情，从那之后，她就再也没有问过我类似的问题。就这样，日子每天都过得波澜不惊，无比相似，像是这样下去什么事都不会再发生。

后来，她甚至拒绝我代她写信给她父亲。

夜，渐渐深邃。我久久呆坐在桌子前，什么都没做。灯影照在阳台上，随着窗户的距离逐渐拉大，光线也变得越来越暗。我茫然地望着周围的夜景，感觉就像我的内心。这个时候，我暗自思忖节子说不定也正在思念着我，没有入睡……

十二月一日

最近，也不知怎的冒出一群飞蛾，因为喜欢我那灯光纷纷飞来。

夜里，这些不知从哪儿飞来的蛾子，疯狂地撞向紧闭的玻璃窗。尽管这么撞让它们受伤，它们却仍然不顾一切，仿佛在固执求生一般拼命想往玻璃窗上撞个洞。我对它们有些不耐烦，熄灯上床。可它们那拼命振翅的声音，依然持续了很长一段时间，才慢慢消停下来，最终悄无声息。第二天清晨，我总是能在窗户下面发现这些飞蛾如同枯叶一般的尸体。

今天晚上也有一只那样的飞蛾，终于飞进了房间中，一开始围绕着我面前的灯疯狂地绕着圈。随即"啪嗒"一声，掉落在我的纸上，马上就一动不动了。过了一会儿，它好像终于发现自己其实还活着，突然飞起。我想它或许根本不知道自己到底要干什么，过了不久，又"啪嗒"一声掉落在我的纸上。

我心里意外地感到害怕，并没有去驱赶它，而是淡然地放任它慢慢死在我的纸上。

十二月五日

傍晚，房间里只有我们两人。陪住的护士刚去吃饭了。冬天的太阳逐渐没入西边的山阴，夕阳西照，余晖使得逐渐显得冰冷的房间一瞬间明亮了起来。我在节子的枕边，将脚放在取暖器上，弓着身子读着手里的书。这时，节子忽然轻轻呼喊道：

"哎呀，父亲！"

我不由得吓了一跳，抬头看她，只见她的目光前所未有地发亮。我佯装没有听见她刚才的呼喊声，问她：

"你刚说什么？"

她久久没有回应，只是她的眼睛越发显得明亮。

"那座小山丘的左侧，是不是有一个小小的阳光光点？"她像是下定了决心一般，从床上抬起手指伸向一个方向，又像是难以启齿一般，将刚才那手指放在自己的唇边，说：

"每天的这个时间点，那个地方就会出现一片光影，那影子和我父亲的侧脸一模一样……你看，现在刚好出现了，你看到了吗？"

顺着她手指的方向，我马上就清楚她说的是哪座小山丘。不过我所看见的，无非是在斜阳光照下，清晰勾勒出的山脊的褶皱罢了。

　　"快要消失了……啊，只剩下额头的部分了……"

　　这时，我才终于看出那片褶皱之处，真的像她父亲的额头。确实，我马上回想起了她父亲那坚实的额头。

　　"她这么希望见到自己的父亲吗？连这样的光影，都可以引发联想。唉，她是在用自己全部的身心感受着父亲、召唤着父亲啊……"

　　然而，须臾之间，黑暗立刻遮盖了那座小山丘，所有的影子都消失了。

　　"你想家了吗？"我终于将萦绕心头的话说了出来。

　　说完之后，我立刻不安地去看节子的眼神，她用冷淡的目光望着我，随即避开我的视线，用几乎听不到的嘶哑嗓音说：

"是啊，不知怎的，我想回家了。"

我咬着嘴唇，悄悄离开床沿，来到窗边。

在我身后传来她略显颤抖的声音：

"对不起……我只是刚才一瞬间那么想而已……这种情绪马上会平复的……"

我在窗边抱着胳膊，一言不发地站着。群山的山麓已经一片黑暗，只有山顶上还有一层模糊的幽光。突然，一股如同掐住我喉咙一般的深深恐惧向我袭来。我一下子转身望向节子，见她双手掩面。那一瞬间，我觉得我们似乎马上要失去所有，心中尽是不安。我冲到她的病床前，强硬地把她的手从脸上拉开。而她也未作任何反抗。

她那高高的额头、流露出平静目光的眼眸、紧闭的嘴唇——一切都没有任何变化，却比以往更让我觉得不可亵渎……而此时的我却莫名觉得自己像个孩子，无端地胆怯。突然，我好像失去了全身的力气，颓然跪倒，掩面贴在床沿，就这么一动不动地贴紧床被。我感觉到，节子的手正在我的头发上轻轻地抚慰着……

　　整个房间，已是一片昏暗。

死亡阴影之谷

一九三六年十二月一日　于K··村

回到这差不多阔别三年半之久的村庄，它如今已完全被大雪覆盖。听说雪从一周前开始一直在下，直到今天清晨才逐渐停息。我请了村里一对年轻的姐弟帮我做饭。弟弟用一架自己的小雪橇载着我的行李，把我带到我即将用来度过整个冬天的山中小屋里。我紧紧跟随在雪橇后面，一路上不知有多少次险些滑倒。山谷周围的积雪，早已冻得硬邦邦的。

我租用的这间小屋，位于那座村庄稍微靠北的一个小山谷中。很早以前，那里就已经建设了不少西洋人的别墅——不用说，我的小屋自然是在那些别墅最靠边的角落。听说夏天来这里避暑的西洋人把这里称作"幸福谷"。然而这么一个荒无人烟的冷清山谷，也不知有什么地方看得出来是"幸福谷"。此刻眺望过去，这一栋栋别墅也都掩埋在了大雪中，像是被空置荒废了。我跟在姐弟俩身后缓步爬上山谷的过程中，突然冒出一个与之前那个"幸福谷"完全相反的名字，差点忍不住脱口而出。我叹了叹气，仿佛要将说出那名字的想法压抑下去，可犹豫片刻后改变了主意，终究还是说出来了：死亡阴影之谷。没错，这个名字听起来与这个山谷更般配，尤其是对在这样一个严寒的冬季，打算在这里度过冷清寂寞的鳏夫生涯的我来说。就这么一边胡思乱想着，一边终于来到了我租借的最靠边的那间小屋前。

小屋附有一间不像阳台的小阳台，屋顶铺着树皮，四面的雪地上布满了不知什么动物的足印。那姐姐先打开了小屋的门走了进去，然后打开了防雨窗。她的弟弟则指着地上奇怪的足印数了起来，并且向我逐一说明："这是兔子的，那是松鼠的，还有那个是山鸡的……"

随后，我站在被大雪掩埋了一大半的阳台上，远眺着四周的风景。我们刚才爬上来的那个山谷背阴之处，从阳台上俯瞰的话，组成了这山谷小巧优美的一部分。啊，刚才独自坐着雪橇先离去的弟弟的身影，此刻在枯树林中不时闪现。我一路目送着他那可爱的身影最终消失在枯树林中，又继续观察起整个山谷来。当我观察结束之后，屋子中的收拾工作也做得差不多了。我走入屋中，只见墙上贴得满满当当都是杉树皮，天花板却空空荡荡的。这比我意料之中的还要简陋，但给我的感觉并不坏。我随即爬上二楼，看到床和椅子都是双人用的，就像是特意为了你和我的生活而准备的一样——说起来，以前我是多么向往和你一起住在这真正的山间小屋中，一起举案齐眉地平静生活啊……

　　傍晚，那位村里的姑娘把饭准备好后，我马上就打发她回去了。接着我一个人把那张大桌子拉到火炉边上，在桌上把要写的东西和饭食悉数铺开。这时，我发现房上挂着的日历还是九月的，便站起来把之前的日期撕掉，并在今天的日期上做了个记号。接着，我翻开了已经有一年未曾动过的日记本。

十二月二日

　　也许是因为北边的山区时不时就会刮起暴风雪，昨天也还觉得触手可及的浅间山，今天已完全被大雪覆盖。看得出山里的风雪很大，连山脚的村庄也受到了不小的影响。尽管刺眼的阳光不时照耀，可山中依然大雪纷飞，银装素裹。雪云有时候将整个山谷遮盖在阴影之中，但在山谷的另一边，沿着南方一路逶迤而去的群山之间，却依然是一片青蓝的天空。山谷中时而猛烈地刮着暴风雪，时而又突然放晴，阳光明媚。

我一会儿站在床边，眺望山谷变幻莫测的风景；一会儿又马上回到暖炉边，反反复复。也许是因为这个缘故，我一整天都处于难以平静的心情中。

中午，那位村中的女孩背着个大包裹，只穿了双布袜就顶着风雪来到小屋。她的手和脸都冻得通红，她看起来沉默朴实，特别是话不多这点很合我的心意。我还是跟昨天一样，在她为我做好饭之后就让她回去了。她离开后，我好像这一天已经过去了一般，一直待在暖炉边，无所事事地发呆。炉中的柴火被风吹动燃起熊熊火焰，伴随着噼里啪啦的声响。

就这么无所事事地到了夜晚，我独自吃完了已冷掉的饭菜，情绪也恢复了平静。雪已悄无声息，眼看要停，忽地风又狠狠刮了起来。炉火逐渐变弱，柴火的噼里啪啦声也开始变小，这使得山谷外狂风刮打枯树林的声音愈加清晰，犹如近在耳旁。

一个钟头后，我对这乱舞的炉火感到不舒服，觉得有些头晕，便走到屋外透透气。在一片黑暗的屋外溜达了一阵，我的脸被冻得僵麻，正打算回屋的时候，却透过屋中发出的亮光，发现了在空中飞舞的小小雪花。回屋之后，我又坐到了暖炉边，烘干身上的潮气。当我浑然不觉之间，忽地忘了自己正在烘干身子，陷入了心中某个回忆之中。

那是去年的这个时候，我们住过的那间山中疗养院附近，也像今晚这样大雪纷飞。我传了电报，几次站在疗养院门口，焦急等待你父亲的来临。那天午夜，你的父亲终于赶来。然而当你父亲匆匆赶来看你时，你只是向他瞥了一眼，瞬间浮出一个称不上笑容的微笑。你的父亲沉默不语，发愣地凝望着你那憔悴不已的脸庞，并不时地向我投来不安的眼神。我装作没有看到，只是一个劲地兀自守望着你。这时你突然像有什么话要对我说，嘴唇轻轻动着。我挨近你，听到你用细弱到几乎听不见的声音说："你的头发上，有雪……"

如今，我独自坐在炉火边，被这突然苏醒的记忆感染，不由得下意识地伸出手摸了摸自己的头发。头发依然潮湿冰凉，在我做这动作之前，却全然没有意识到自己的头发上已经有雪……

十二月五日

最近几天的天气好得没话说。阳光照耀在整个阳台上，没有风，只有相当温暖的感觉。今天一早，我将小桌子和小椅子都搬到了阳台上，面对着仍然被大雪覆盖的山谷，吃起了早餐。

　　一边吃，一边想：如此独自一人感受这样的光景，真是浪费。无意中，我望见眼前有棵枯萎的灌木根下不知何时出现两只山鸡，在雪地里咯叽咯叽地来回踱步，寻找着食物……

　　"喂，过来看呀，有山鸡呢！"

　　我想象着和你一起住在这个小屋里，低声自言自语，一动不动地屏住呼吸，凝视着山鸡。一方面还在担心你的脚步声会不会惊走了它们……

　　正在想象的时候，不知哪里的哪栋小屋屋顶的积雪，突然"轰"的一声塌落，动静响彻山谷。我不由得感到意外，愣愣地看着两只山鸡从我脚边飞走。几乎在这一瞬间，我清晰地想起以前你每次遇到这种情况，都会紧紧靠在我身边，什么也不说，只是睁大眼睛，久久注视着我。这令我备感唏嘘。

　　午后，我第一次离开山谷的小屋，在被大雪覆盖的村庄绕了一圈。我只见识过这个村庄的夏天和秋天，如今看到村子附近被大雪覆盖的森林、道路、门户紧闭的小屋等，觉得备感熟悉，可又怎么也回想不起来它们曾经的模样。以前，我喜欢在那有水车的路上散步，不知何时这里已经建起了一座小小的天主教堂。教堂尖尖的屋顶残留着积雪，露出泛黑的木板墙，这让我对这一带更加感到陌生。之后，我踩着依然很厚的积雪，走到以前经常和你一起散步的森林里。走了一会儿，看到一棵似曾相识的枞树。当我好不容易走近它时，树上忽然传来尖锐的鸟叫声。我驻足树前，看到一只我前所未见的、身上带着青色的鸟，似是受了惊吓一般，急急拍着翅膀飞旋到另一棵树上，像是对我挑衅一般，叽叽喳喳叫个不停。我很无奈，便也没兴趣再去看那枞树，转身离开。

十二月七日

　　教堂的礼堂旁边，我似乎隐约听到枯萎的树林那里传来两声杜鹃的啼叫声。那啼叫声似乎在遥远的地方，又似乎就近在眼前。我寻觅了一遍附近的草丛、枯树以及天空，然而那叫声却再也没有出现过。

　　我想，应该是我误听了。但相比之下，倒是感到周围的枯草丛、枯树、天空在我眼里完全变成了夏天时的样子，在我心中清楚鲜明地复苏了那些记忆……

　　然而，我也清楚地知道：三年前的夏天，我在这个村子中拥有的一切，如今全都消失不见。现在的我一无所有，再也没有什么依然留在我的身边。

十二月十日

这几天，说不上为什么，你那曾经鲜明的音容笑貌，再也没有出现在我的记忆中。孤独向我侵袭，几乎让我无法忍受。比如说今天早上，因为炉子里添加的柴火迟迟无法点燃，我就变得无比焦躁，几次想把这些柴火搞乱弄散。只有在这种时候，我才会突然想到你正在我的背后，忧心地看着我。这么一想我才得以恢复平静的心情，重新整齐地排列柴火。

又是一个下午，我打算去村子里随意走走，于是又走下山谷。或许是因为这期间的积雪正在融化，所以道路显得相当泥泞难走。我的鞋子积满了泥水显得沉重，举步维艰。没有办法的我，只能在半路折回。当我一路走上仍在下雪的山谷时，好不容易松了口气，想到接下来还要爬上那条通往小屋、让人气喘吁吁的上坡路时，不禁感到为难。我站在那里，拼命鼓舞自己那容易忧郁阴暗的心，于是默诵了一首依稀记得的诗歌给自己听：

"即使走入死亡阴影之谷，也不畏惧任何艰难困苦，只因有你和我一路同行……"

然而这些诗歌，却也终究只是增加了我内心的空虚。

十二月十二日

傍晚，我经过有水车的小道上那座小小的教堂，只见一个佣工模样的男人专心地往泥泞的雪地上撒着煤渣。我走近他，随意聊起，问他这个教堂是不是整个冬天都开放。

"事实上，今年可能再过个两三天就要关门了……"那位佣工稍稍停下撒煤渣的手，回答我。

"去年虽然是开放了一整个冬天，不过今年神父要去松本了……"

"这地方的冬天这么冷，村子里还有信徒来教堂？"

我有些唐突地问。

"基本上没有……神父每天都是独自在做着弥撒。"

在我们站着聊天的时候，那位德国神父刚好从外头回来了。这回轮到我被那位日语并不流利，但是为人亲切温和的神父拉住问问题了。最后，他可能对我的意思有所误解，一个劲儿地劝我明天礼拜天一定要来教堂做弥撒。

十二月十三日，周日

上午九点，我心中并没有任何期待地去了教堂。祭坛前点着小小的蜡烛，神父已经和一名助手一起开始做弥撒了。我既不是信徒，也不是什么特别的人物，只觉得不知所措，只好尽量保持安静，坐在教堂最靠后的草编椅子上。当我的眼睛慢慢适应了教堂里昏暗的光线后，我望见一位身穿黑衣服的中年妇女，跪在最前面一排的信徒席位，隐藏在我以为没人的柱子的阴影处。顿时，我的身体切实地感受到了这个礼堂中有种阴森冰冷的氛围……

弥撒接着又差不多持续了一个小时。将近尾声时，我注意到那位妇女突然取出手帕遮住了脸，我不明白这是什么缘故。随后弥撒也终于结束了，神父并没有转身面向信徒席，自顾自地走向旁边的一间小房间。那位妇女依然一动不动地待在原处，而我则趁机溜出了教堂。

那天的天空并不明朗，有一些云层。之后，我在积雪已经融化的村庄里，漫无目的地溜达，总觉得心中莫名地空空荡荡。我来到那片曾经陪你画画、正中挺立着一棵白桦树的草原，带着怀念把手紧紧贴在留有残雪的树干上良久，直到手指尖几乎冻僵。然而，我无论怎么回想，也想不起你当初在这里的模样……终于我还是离开了那里，怀抱着难以言喻的寂寞，穿过枯树林，一鼓作气地爬上山谷，回到了小屋。

回屋后，我有些气喘吁吁，不由得坐在了阳台的地板上。就在那一刻，我忽然在心乱如麻之中感觉到你正在向我走来。可我故意装作若无其事，托着腮发愣。这一次，我没想到你会这样真真切切地出现在我身边——我似乎感觉到你的手，正放在我的肩膀上，那正是你独有的习惯……

"饭已经准备好了——"

屋里传来村里那个女孩叫我吃饭的呼唤，她似乎已经等了我很久。我瞬间回到现实，心里顿时不满：她要是再稍微晚点叫我就好了——我带着少见的一脸不悦，走进小屋，一句话也没和那女孩说，像往常一样独自用餐。

到了傍晚时，我依然心绪不宁，难以平静，就把女孩先打发回家了。过了会儿我觉得有些后悔，又无所事事地走上阳台，像之前那次一样（只是这次你已不在……）茫然地俯瞰着积雪较多的山谷。忽然瞧见不知是谁缓缓走在枯树林之间，在山谷里四处张望，一步步爬上我这边的山坡。我猜测着这个人的来历，盯着他看起来。等他走近了才发现，原来是先前的那位神父，正在向我的小屋方向走来。

十二月十四日

　　昨天傍晚，我跟神父约好说今天去教堂，因为神父明天就要关闭教堂起身前往松本。他一边跟我说这件事一边叮咛在一旁收拾行李的杂役。之后，他反复跟我念叨说："本想在这个村里收一个信徒，可现在不得不离开这里了，真是感到非常遗憾。"我立刻想起昨天在教堂中见过的那位中年妇女，貌似是个德国人。当我向神父询问那位妇女的事情后，我感到神父似乎又把我的话听岔了，估计以为我是在说些什么有关自己的事……

　　我们的对话牛头不对马嘴，越来越难以沟通。于是，我们逐渐停止交谈，陷入沉默。在火势过旺的暖炉边上，我透过窗户的玻璃，眺望那一片片小小的白云飞过。今天虽然寒风凛冽，却有着这个冬季难得的明媚天空。

"这么美丽的天空，如果不是这么大的风，这么寒冷的天气，恐怕也无法见到呢……"神父随口说道。

"确实，如果不是这么大的风，这么冷的天……"我如鹦鹉学舌一般回应神父，只觉得刚才这句无心的话意外地触动了我心中的什么……

我在神父那里待了一个多小时，回到小屋后，看到邮差已经送来一个小包裹。那是我之前订购的里尔克①的《安魂曲》和其他两三本书，以及一些便笺。包裹看起来是辗转了许多地方，好不容易才来到我的住处。

---

① 奥地利诗人，诗歌界的风云人物，对人类平等互爱提出乌托邦式的憧憬。

夜晚，我做好睡前的种种准备，坐在炉火旁，听着窗外不时有风呼啸而过的声音，翻阅起了里尔克的《安魂曲》……

十二月十七日

　　又下起了雪。从今早开始雪就一直下个不停。我眼前的山谷，又一次变得雪白一片。这样一来，深冬的气息也越发强烈。这一整天我都守在暖炉边，有时候心念一起，随性走到窗边欣赏布满大雪的山谷，随即又回到暖炉边，翻阅里尔克的《安魂曲》。读着这些诗歌，我的内心依然脆弱柔软，为你的离去而无法停止深深的懊悔……已经过了那么久，我依然对你追慕不已……

　　我曾有过许多亲密的死者　而我只能任由他们离去
　　我非常确信　他们的死去并非人们口中所说

我惊讶地看到 他们的死亡如此安详而宁静

很快习惯 对死亡安然 甚至 感到一种解脱的快活

只是唯有你——唯有你归去又返还

你掠过我的身边 在我身边徘徊

你想触碰什么东西 让它们发出声响

以便告诉我 你已经归来

啊 请不要带走

我已慢慢学会的一切

我是正确的

而你是错误的

你是因某件事物引发了乡愁

即使这些事物就在我们眼前

其实已不在那里 我们一旦意识到它

它就仅仅存在于我们的感受之中

仅仅只是 我们存在的回应

十二月十八日

雪终于停了。难得的好机会，我便去之前一直没去过的树林走走，渐渐一步步越走越深。有时候会不知从哪棵树上发出声响，雪花崩落砸下，洒得我一身雪花。我依然兴趣盎然地走过一片森林，来到另一片森林。林子中显然没有人迹，只有野兔子蹦跳过后留下的脚印。有时候还能看到一连串貌似山鸡的脚印，在道路旁横穿而过……

可无论走多久多远，这片森林似乎没有尽头。这时，看起来是雪云的东西在森林的上空慢慢舒展开来，这使我放弃了想继续深入的念头，在半路上开始折返。不过我好像是彻底迷路了，不知不觉间，我已经寻找不到自己的脚印。这让我开始慌张起来，努力想走出一条路，我迈开步子，完全凭着感觉向自己小屋附近的那片森林飞奔。就在这时，我忽然真切地听到后面传来一阵脚步声，那脚步声绝对不是我的，只感到若有似无，轻得几乎听不见……

我不回头地一路飞奔，终于奔出森林。心里像是被什么揪住一般狠狠地难受，任由昨天读过的里尔克的《安魂曲》中的最后几行诗脱口而出：

请不要再回来 如果你还可以忍耐

就像所有逝者一样离去吧 逝者也有自己的责任

然而请你帮助我 让我可以不再分神

正如远去的事物 时常给我的力量——在我的心中

十二月二十四日

夜晚，我受邀前往那个村中女孩的家，打发了一个寂寥的圣诞夜。虽说这样的冬天，村子里早已渺无人烟，不过因为夏天时候会有大批洋人蜂拥而至，倒给这儿带来了一些西洋风情，所以村中的普通人家也学起了洋人的习俗，并觉得十分有趣。

九点左右，我独自从村里回屋，路过反射着雪光的山谷。当我走到最后一片枯树林时，突然出现一束不知从哪里冒出来的微弱光亮，正映照在路旁盖着雪的灌木丛上。这样的地方哪来的光亮？我不禁感到有些讶异，环顾四周坐落于狭窄山谷的星星点点的别墅，发现山谷最上方的屋子里冒着光，那应该就是我的屋子⋯⋯

　　"只有我一个人住在山谷顶上吧？"我一边这么想着，一边缓缓爬上山坡。

　　"原来我之前都未曾注意到，小屋中的灯光居然能照射到谷底的森林里来。瞧⋯⋯"

　　我自言自语着："瞧这里，瞧那里，这几乎覆盖山谷的雪地上，到处都是星星点点的微弱光亮，竟全都是我那间小屋的灯光发出的⋯⋯"

　　终于爬上了山坡，进到了小屋。我径直走向阳台，想再仔细看看这么一间小屋子的灯光，到底能将山谷照亮到什么程度。不过从我这里望下去，小屋的灯只能在房子周围投射出微弱的光。这有限的微光随着小屋距离越来越远，也变得越来越阴暗，最后彻底融入山谷里的雪光之中。

"竟是这样！在下面看起来那么多的光亮，从这里望过去却只有这么点儿光。"我有些泄气，自言自语道。虽然如此，但当我凝视着那灯光时突然无意想到："然而，这灯光的光影，不正像我的人生一样吗？我以为自己的生命之光，就只能照到周围不多的距离。可事实上，它却如同这小屋的灯光一样，比我想象中照到的距离远得多。那些照射出去的光芒并不跟从我的意识，它们在各处发亮，将我的生命扩展出去……"

这前所未有的想法，令我久久伫立在那映射着雪光、寒气凛凛的阳台上。

十二月三十日

真是个安静的夜晚。今晚，我又独自一人，任由种种思绪在心头起伏。

"我既没有比一般人更幸福，也并不比其他人更不幸。那些有关幸福的种种讨论，曾经使我们如此焦虑与嫉妒，然而现在如果要忘却，却也都是些随时都能忘却的东西。我甚至感到，这段时间的自己，倒是更接近所谓幸福的状态。唉，无论从哪个角度来说，此刻我的心境，的确类似于幸福的感受，只是，多了一些悲伤的味道——话虽如此，却不代表我如今不快乐……现在我能以自己的风格把每一天都过得自在，或许是我一直以来都独来独往，尽可能与世无争，与外界没有交往的缘故吧。可事实上，我这么一个性格懦弱、没有出息的人能做到这样，完全是因为你的关系。可是，节子啊，即便如此，我也从来没有想过，我会这样孤独地生活，是因为你。我一直只是以为，我所做的一切都只是顺着自己的任性。亦或许，就算有为了你的原因存在，而我却让自己认为，我这么做全都是为了自己。或许我已经习惯了你给予我的爱，爱到以至于把自己荒废，也要沉浸在里面。可你对我的爱就是如此不计回报，一无所求吗？"

我持续不断地思考着这些，似乎突然想到了什么，起身走出屋外，如同往常一样站在了阳台上，听着大风从山谷背面咆哮而来。那声音仿佛来自极其遥远的天涯。我就这么久久伫立在阳台上，好像故意要倾听那遥远的风声一般。横亘在我眼前的山谷中的一切事物，起初不过是微弱雪光下模糊的块状，却在不经意地望了一段时间后，不知是眼睛已经习惯了这片模糊，还是我逐渐浮现出来的记忆填补了它的形状，它的线条和形状开始在我眼前变得清晰起来。

这个人们口中的"幸福之谷"，顿时让我感到它的一切都变得那么亲切——是啊，只要习惯了这里的生活，想必我也会和大家一样，唤它"幸福之谷"时不必再带着勉强……当山谷对面的冷风呼啸时，只有这里依然如此安宁。哦，我有时能听到小木屋的后面传来轻微的声响，恐怕那就是风从遥远的地方吹来，令树木光秃秃的枝丫相互碰撞吧。另外似乎还剩下一些像微风一样的力量，唰唰地将我脚边的两三片落叶拨开，发出微弱的声响，将它们挪到其他落叶之上……